The Art of Death

: Writing the Final Story

남아 있는 날들의 글쓰기
: 죽음은 그로부터 모든 것을 앗아가지 않았다

에드위지 당티카 지음
신지현 옮김

xbooks

나를 여기까지 이끌어 준 로즈 수브낭스 나폴레옹과

앙드레 미라셍 당티카에게

일러두기

1 이 책은 Edwidge Danticat, *The Art of Death*, Graywolf Press, 2017을 완역한 것입니다.

2 외래어 표기는 원칙적으로 국립국어원의 〈외래어 표기법〉을 따랐습니다.

3 이 책에 실린 글 일부는 과거 다른 지면에 실렸던 글을 이 책의 목적에 맞게 수정한 것입니다. 출처는 해당 장 시작 부분에 밝혀 두었습니다.

4 본문에서 언급된 책들의 서지정보는 '저자가 이야기하는 책들'로 정리하여 권말에 실었습니다.

목차

우리는 수없이 많은 연인과 부족을 우리 안에 담은 채 죽음을 맞습니다.

우리가 삼켰던 맛, 지혜의 강처럼 그 안에 뛰어들어 헤엄쳤던 육체들, 나무처럼 타고 올라갔던 기개, 동굴처럼 그 안에 숨어 있었던 공포를 담은 채 죽음을 맞습니다.

나는 죽을 때 이 모든 것들이 내 육체에 흔적을 남기길 바랍니다.

나는 마치 부유한 사람들이 자신의 이름을 건물에 새겨넣듯 하는 지도 제작법이 아닌, 자연이 남기는 흔적을 따라가는 지도 제작법을 믿습니다.

우리는 하나의 역사, 하나의 책입니다.

— 마이클 온다체, 『잉글리시 페이션트』

들어가며
: 삶과 죽음의 글쓰기

어머니는 당신이 일하는 공장 작업반장에게 내 첫 소설책을 크리스마스 선물로 주었다.

"반장님이 늘 신문을 읽으시거든." 내가 스물다섯 살이던 어느 겨울날 아침, 어머니는 공장에 출근하기 전 내게 이렇게 말했다. "네 소설책을 반장님한테 한 권 선물하고 싶구나."

나는 한 번 만나 보지도 않은 남에게 어떤 인사말을 해야 좋을지 고민했다. 어머니가 얘기해 준 몇 가지 말고는 그 작업반장에 대해 아는 것이 전혀 없었다. 그녀의 이름은 메리로, 키가

• 출처: As "Significant Others" in *Sojourners*, November 2009

  As "My Honorary Degree and the Factory Forewoman" in *The Brown Reader: 50 Writers Remember College Hill* (Simon & Schuster, 2014)

작고 참을성이 많은 중국 사람이라고 했다.

나는 결국 이렇게 썼다. "메리 부인, 즐거운 크리스마스 되세요. 제 어머니께 잘해 주셔서 정말 감사드립니다."

어머니는 내게 "Se pitit fi m ki ekri liv sa a"를 영어로 뭐라고 하면 좋으냐고 물었다. 나는 "우리 딸이 이 책을 썼어요"라고 말해 주었다.

어머니와 나는 이 문장을 여러 번 반복했다. 우리 딸이 이 책을 썼어요. 우리 딸이 이 책을 썼어요. 여기서 우리 딸은 어머니의 자식이자 내 자식으로, 어머니와 내가 꿈꿔온 이상적인 딸이기도 했다. 그녀는 바로 내 첫 소설 『숨결, 눈길, 사랑』에 등장하는 1인칭 화자 소피였다.

어머니에게 선물을 받은 메리 부인은 내 책에 대해 아무런 말이 없었다. 아마 소설을 좋아하지 않거나, 내 책이 재미가 없었거나, 어머니로부터 책 선물을 받은 것이 당황스러웠을지도 모른다. 어머니가 책을 선물한 데 담긴 메시지를 제대로 파악하지 못했을 수도 있다. 당신이 알고 있는 내가 전부가 아니야. 이 공장 밖을 벗어나면 내겐 더 큰 삶이 있어. 내겐 훌륭한 자식들이 있지. 그중에 한 명은 책을 쓰는 작가야.

2014년 초, 어머니는 난소암 4기 판정을 받았다. 당시 어머니는 나와 함께 병원을 방문할 때마다 내가 쓴 책을 의사에게 선물하면 어떻겠냐고 했다. 내게는 소중해도 다른 사람에게 아무런 의미도 없을 수 있는 것을 선물로 준다는 게 내겐 퍽 무안한 일이라는 사실을 어머니는 잘 이해하지 못했다. 나는 어머니에게 그러마고 대답했지만, 어머니는 같은 의사를 한 번 이상 만나기가 무섭게 새로운 의사를 찾아갔고, 그렇게 새로운 의사들을 만날 때마다 그들로부터 점점 더 심각한 이야기를 듣곤 했다. 어머니는 결국 의사들에게 굳이 선물을 줄 필요가 없다고 판단하기에 이르렀다.

내 친구이자 어머니의 주치의였던 로즈-메이를 제외하고(그녀는 이미 내 책을 소장하고 있었다), 어머니가 꾸준하게 찾아갔던 종양학자가 한 분 있긴 했다. 바로 블라이든 선생님이었다. 하루는 내가 블라이든 선생님에게 찾아가 인터넷에서 검색한 정보에 대해 꼬치꼬치 물어보고 있는데, 그가 불쑥 내게 직업이 뭐냐고 물었다. 나는 작가라고 대답했다.

어머니는 블라이든 선생님에게 내가 2007년에 발표한 회고록 『형제여, 난 죽어가네』를 선물로 주자고 했다. 어머니와 아버지의 초기 결혼생활에 대해 이야기한 이 회고록은 2005년 5월 아버지가 폐섬유증으로 사망하기까지의 가족사를 담은 책이었다. 나는 회고록 대신 최근 발표한 소설 『등대의 클레어』를 주기로 했다. 내가 블라이든 선생님에게 책을 건네는 것을 지켜보며 어머니는 빙그레 미소를 지었다. 어머니는 심지어 옆에서 진료를 참관하던 학생 두 명에게도 미소를 지어 보였다.

블라이든 선생님은 병실을 나가다 말고 뒤를 돌아보았다. 나는 순간 어머니를 바라보는 선생님의 시선이 전과 조금 달라졌다고 생각했다. 그전까지만 해도 나는 이런 순간이 얼마나 중요한지 잘 실감하지 못했다. 다른 누군가가, 특히 우리 생명을 다루는 누군가가 나란 사람의 가치를 높게 인정해 주는 순간 말이다. 하지만 블라이든 선생님은 이후 내 책에 대해 한 번도 이야기를 꺼내지 않았다.

블라이든 선생님을 마지막으로 찾아갔던 날, 어머니와 나는 이제 화학요법을 중단하고 자연의 순리대로 흘러가게 하고 싶다고 선생님에게 이야기했다.

"이제 신의 뜻에 따르겠다고 말씀드리렴." 어머니는 아이티 크리올어로 이렇게 말하며 내게 통역을 부탁했다.

어머니의 이야기를 들은 선생님은 긴 침묵 끝에, 78세라는 어머니의 나이를 고려했을 때 강력한 항암요법을 실시하는 것은 오히려 삶의 질을 크게 저하시킬 수 있다는 데 동의했다. 우리는 보통 때보다 선생님의 진료실에 오래 머물렀다. 선생님은 어머니와 나이가 같고, 동일한 진단을 받았던 어떤 암환자의 이야기를 시작했다. 그 환자 역시 화학요법을 1회만 받은 뒤 치료를 중단하기로 결정했다고 했다.

"그 환자분은 지금 어디 있나요?" 내가 이야기를 통역하는 것을 듣고 어머니가 물었다.

"크루즈 여행 중입니다." 선생님이 대답했다.

블라이든 선생님이 어머니의 결정을 존중한다는 의미에서 그 환자 이야기를 한 것이었다. 어머니는 무척 고마워하는 눈치였다. 적어도 그 암환자가 씩씩하게 삶을 살아갈 만큼 행복하다는 사실을 알게 되어 기뻐하는 것 같았다.

어머니와 내가 블라이든 선생님의 진료실을 나서는 순간, 나는 선생님이 진료를 참관하던 학생에게 이렇게 말하는 것을 들었다. 나는 어머니가 왜 그렇게 만나는 의사들마다 내 책을 주고 싶어 했는지 그제야 깨달았다.

"이 환자분은 아주 특별한 분이셔." 블라이든 선생님이 어머니를 가리키며 말했다. "작가를 키워 낸 어머니시거든."

어머니는 활짝 웃었다. 입이 귀에 걸리도록 환하게 웃는 어머니의 모습을 본 나는 병원 진료실을 뛰쳐나가 지나가는 사람들을 붙잡고 이렇게 외치고 싶었다. "어머니가 지금 죽어가요. 저는 책을 쓰지요!"

글쓰기는 지금까지 내게 상실과 죽음을 이해하기 위한 중요한 수단이 되어 왔다. 나는 언제나 죽음을 소재로 한 글을 써왔다. 스포일러 경고를 하나 하자면, 내 책 『숨결, 눈길, 사랑』에 등장하는 화자의 어머니는 스스로 목숨을 끊는다. (메리 부인이 책에 대해 아무 이야기를 하지 않았던 이유가 이것 때문일 수도 있다.)

나의 두 번째 작품인 단편 모음집『크릭? 크랙!』은 아이티의 정치적 탄압을 피해 도피하던 수십 명의 사람들이 바다에 빠져 죽은 이야기다. (실화에 기반한 이야기다.) 나의 세 번째 작품이자 두 번째 소설인『뼈들의 농사』는 이웃나라 도미니카 공화국의 독재자 라파엘 트루히요가 아이티인 수천 명을 조직적으로 살상했던 사건을 배경으로 한다. 내 작품의 대부분이 실화에 기반한 내용이긴 하나, 내가 이러한 특정 사건을 소재로 선택한 것은 가까운 사람의 죽음을 직접 경험하기도 전인 어린 시절부터 죽음에 대한 공포가 유난히 심했던 관계로 죽음에 대해 스스로 무감각해지고 싶었기 때문이었다. 어머니와 아버지를 포함해 내가 애정했던 많은 사람들의 죽음을 겪은 지금은 죽음을 더 잘 이해하고 죽음에 대한 공포를 내려놓고자 하는 바람과, 글쓰기와 읽기가 이에 도움을 주지 않을까 하는 믿음을 갖고 있다.

토니 모리슨은 1993년 노벨문학상 수상 연설에서 이렇게 말했다. "우리는 죽는다. 우리에게 죽음은 삶의 의미일 수 있다. 그러나 우리에겐 언어가 있다. 언어는 우리 삶의 척도가 되어 줄 수 있다."

지난 수년 동안, 나는 죽음에 대한 글쓰기에 도전하고 이를 예술의 경지로 승화시킨 많은 작가들의 작품을 반복해 읽었다. 이 책에 언급된 작품들은 객관적인 기준보다는 나만의 주관적인 기준에 의해 선택된 이야기들이다. 내가 이 책에서 소개하는 소설, 단편, 회고록, 수필, 시는 모두 내가 과거와 최근 죽음을 경험했거나 죽음에 대해 글을 쓰는 과정에서 참고했던 글이다. 이러한 작품들은 내게 여전히 미지의 세계, 규정되지 않은 세계로 남아 있는 "저쪽 세상"을 이해하고 사람들이 종종 "끝"이라 치부하는 죽음을 탐구할 수 있는 실마리와 단서를 제시했다. 나는 작가들이 죽음에 대해 글쓰는 방식을 연구함으로써 (또는 되돌아봄으로써) 내 삶에 많은 영향을 남겼던 죽음——최근 경험했던 어머니의 죽음을 포함해——을 글로 표현하고 앞으로 더 많은 글을 남기기 위해 이 책을 집필하기로 결심했다.

The Art of
Death

죽어가는 삶

많은 사람들이 자기 자신의 부고를 남긴다. 일부 철두철미한 계획주의자들은 스스로의 죽음에 대해 몇 문단의 부고를 미리 써 두고 자신이 죽고 난 뒤 그 부고가 지역신문에 실리거나 장례식 연설에 사용되길 바란다. 하지만 우리 같은 대부분의 사람들에게는 매일같이 디지털 공간에 남기는 내러티브, 다른 이들과 공유하는 사진과 글 자체가 우리들의 부고다. 이런 것들은 우리가 죽고 난 뒤에도 오래도록 그 공간에 남아 있다. 요즘에는 고인을 추모하기 위한 웹사이트도 있고, 고인에 대한 추억을 나누는 사이버 묘지도 있다. '고인이 영원히 우리 곁에 함

• 출처: In *Poets & Writers*, July/August 2017

께 있다'는 말이 그저 단순한 비유가 아닌 것이다. 우리는 스마트폰 사진첩에 고인의 젊었을 적 또는 최근의 모습을 담은 사진들을 저장해 두기도 한다. 죽은 사람의 페이스북 계정이 계속 활성화되어 있는 경우, 사람들은 그에게 직접 메시지를 보내거나 글을 남기기도 한다.

지금으로부터 몇 년 전, 나의 지인 가운데 서른 초반에 폐암으로 사망한 한 화가가 있었다. 매년 그의 생일이 되면, 많은 사람들이 지금도 그의 페이스북 담벼락에 메시지를 남기곤 한다. 그들은 메시지를 통해 얼마나 그를 사랑하는지, 또 그를 그리워하는지 이야기한다. 어떤 메시지를 보면 그가 어디 먼 곳에 여행을 가 있는 게 아닌가 싶을 정도다.

그의 가족 중에 한 명은 이렇게 메시지를 남겼다. "지금 더 좋은 곳에 있다는 건 알지만, 그래도 보고 싶어."

과거에는 고인과 가까운 친지들만이 다락방이나 지하실에 은밀하게 보관되어 있는 고인의 글이나 편지를 확인할 수 있었다. 하지만 오늘날에는 우리가 온라인이나 소셜 미디어에 남기는 모든 글이 우리의 추도문이나 부고의 소재가 될 수 있다. 그럼에도 불구하고, 우리가 아직 건강하고 무탈할 때, 즉 죽음이 삶의 동반자로 느껴지기보다 아직 추상적인 존재로 여겨질 때 스스로의 추도문이나 부고를 작성해 보는 것이 훨씬 쉽다. 왜냐하면 사람이 아프거나 병으로 죽어가는 경우에는 스스로의 삶을 돌아보며 지나치게 감정적이 될 수 있고, 또 엘리자베스 퀴블러-로스가 주장했던 부인, 분노, 협상, 우울, 수용의 임종 심리 5단계를 매일같이, 아니 하루에도 몇 시간을 주기로 경험하게 되기 때문이다.

어머니는 죽기 몇 주 전부터 예전부터 소장하고 있었던 휴대용 카세트 플레이어에 여러 차례 녹음을 남기기 시작했다. 어머니는 자세한 장례 절차는 물론, 나와 남동생이 앞으로 어떻게 살아가야 하는지 또 우리가 어떻게 자녀를 키워야 하는지에 대해 조언했다.

어머니는 한 번도 "내가 죽어가고 있구나" 같은 말을 남기지 않았다. 대신 "참을성 있게 아이들을 대하고, 내가 너희들에게 해준 것처럼 아이들을 사랑해 주렴" 같은 말을 남겼다.

어머니는 카세트테이프에 녹음을 하고 있다는 사실을 내게 말해 주지 않았다. 아마도 주변에 아무도 없는 늦은 밤 혼자 생각을 정리하며 녹음을 남겼던 것 같다. 직접 언급하지는 않았지만, 어머니는 죽음의 공포와 싸우기도 했을 것이다. 마치 물 위에 뜬 작은 빙산처럼 전체 내러티브의 8분의 1만 "수면 위로" 드러나 있다는 어니스트 헤밍웨이의 "빙산 이론"처럼, 어머니에게 죽음의 공포는 물속에 가려져 있는 8분의 7이었을지도 모른다.

"오늘이나 내일 죽는 게 아니더라도 말이다." 이때 어머니는 수용의 심리 상태에 가까워진 듯했다. "우리 모두는 언젠가 죽게 마련이란다."

몇 년 전, 나는 많은 신문사들이 유명인의 부고를 미리 준비해 둔다는 사실을 듣고 적잖이 놀랐다. 비록 유명인은 아니었지만, 나는 어머니가 투병 중이었을 때 내가 (신문사들처럼) 어머니 부고를 미리 준비했더라면 어땠을까 하는 생각이 든다. 어머니 마음속에 깊이 숨겨진 '빙산'이 무엇인지, 우리가 장례식장에서 어머니에 대해 어떤 얘기를 하길 바라는지 어머니가 살아 있을 때 물어보지 못한 것이 못내 아쉽다. 만약 중요한 얘기였더라면, 어머니는 분명 카세트테이프에 녹음을 남겨 뒀을 것이다. 장례식장에 내가 어떤 신발을 신고 와야 할지 미리 귀띔했던 것처럼 말이다(내게 오픈토 구두를 신지 말라고 했다). '빙산'에 해당하는 이야기뿐만 아니라, 어머니 특유의 유머감각을 엿볼 수 있는 이야기도 들을 수 있었을 것이다.

나는 어머니의 유년시절에 대해 잘 모른다. 어머니가 그때 이야기를 꺼렸기 때문이다. 어머니의 어린 시절에 대해 아는 것이 별로 없다는 사실은 내가 어머니의 삶을 글로 완벽하게 재구성하는 것이 불가능하다는 말과 같았다. 나의 소설에도 어머니가 등장하긴 하나, 이는 내가 알고 있는 단편적인 사실들을 기반으로 만들어 낸 가공인물이었다. 소설 속의 어머니에는 내가 상상하는 어머니와 내가 기대하는 어머니의 모습이 담겨 있었고, 동시에 세상 형편없는 어머니와 최악의 어머니의 모습도 있었다. 내 어머니로 인해 많은 가공인물이 창조되었고, 이제 죽음을 통해 더 많은 가공인물이 생겨날 예정이다.

어머니가 세상을 떠난 뒤, 나는 그레이스와 테레즈 이모들에게 연락해 어머니의 추도사에서 이야기할 만한 흥미로운 유년시절 에피소드가 있는지 물어보았다. 그러나 이모들이 들려준 이야기는 내가 이미 들어 알고 있는 내용이었다. 어머니가 아홉 명의 형제자매 가운데 여섯 번째고, 어렸을 때부터 바느질과 수놓기가 취미였고, 젊었을 때 신부들의 혼수품에 수놓는 일로 용돈벌이를 했다는 이야기 등이었다. 어머니는 식탁보나 덮개를 주문받아 만들 때마다 똑같은 것을 두 개씩 만들어 하나는 팔고 하나는 간직했다. 그 결과, 아버지를 만났을 무렵 어머니는 신혼집에 필요한 혼수품을 거의 다 갖출 정도가 되었다고 했다. 하나 나는 더 많은 이야기가 알고 싶다. 어머니가 기꺼이 들려주었던 이야기보다 더 많은 이야기가 알고 싶다. 사실 어머니가 내게 더 많은 이야기를 들려줬다 해도, 나는 어머니로부터 또 한 번 직접 듣고 싶어 했을 것이다.

어머니는 직접 부고를 남기진 않았지만, 대신 카세트테이프 녹음을 남겼다.

어머니는 무려 40년 이상을 미국에서 살았지만, 영어로 남긴 말은 "I love you okay"가 전부였다. 나머지는 전부 아이티 크리올어였다. 어머니는 내게 "Met fanm sou ou"라고 여러 번 당부했다. "주체적인 여성이 되어라", "강인한 여성이 되어라"라는 뜻이었다.

비록 직접 이야기하지는 않았지만, 어머니는 저 문장 뒤에 분명 이렇게 덧붙이고 싶었을 것이다. "내가 가르친 바대로 살아가렴."

우리는 어렸을 때 부모님을 영원불멸의 존재라고 생각한다. 그러다 부모님이 큰 병에 걸리고 나면 부모님이든 언젠가 죽을 수도 있다는 가능성을 엿보게 된다. 부모님이 돌아가시고 나면, 그때는 세상에서 인간이란 존재가 참 막연하다는 사실을 새삼 인식하게 된다. 우리를 낳아 준 부모님이 죽는다는 사실은 나 역시도 언젠가는 죽을 수 있다는 것을 의미한다. 이런 관점에서 보면 작가이자 비평가인 크리스토퍼 히친스가 『신 없이 어떻게 죽을 것인가』에서 "죽어가는 삶"이라 표현한 것이 무엇인지 절실하게 와 닿는다. 『신 없이 어떻게 죽을 것인가』는 그가 식도암으로 사망하기 1년 전부터 『베니티 페어』에 연재한 수필을 묶은 책이다.

"죽어가면서 살고 있는 올해 가장 큰 위안이 되어 주는 것은 바로 친구들의 존재다." 히친스는 이렇게 말했다. "이제 나는 즐거움을 위해 먹거나 마실 수가 없기 때문에, 친구들이 내게 주는 즐거움은 오로지 축복받은 대화뿐이다."

평범하고 흔한 일상이 되어 버리는 이야기와 달리, 이런 종류의 이야기에는 긴급함과 시급함이 묻어난다. 이런 이야기에는 일상에 매여 지내는 보통 사람들이 아직 인지하지 못하는 일종의 만료 시한이 존재한다. 내 생각에 어머니에게 있어 카세트 녹음기는 축복받은 대화를 나눌 수 있는 도구였다. 히친스의 서정적이고, 재치 있고, 때로는 냉소적인 글과 마찬가지로 어머니의 카세트 녹음은 죽음보다 삶에 무게가 더 실려 있었다. 히친스에게는 글을 쓸 수 있는 기회가, 어머니에게는 축복받은 대화를 나눌 수 있는 기회가 일종의 희망적인 이야기였던 셈이다.

삶에 대한 이야기 없이는 죽음에 대한 이야기도 없다. 삶의 마지막 단계에서 시작하는 이야기는 종종 과거와 삶의 시작 단계──완전한 시작은 아니더라도 어느 정도 시작 단계──를 돌아보고, 이를 통해 과거에 무슨 일이 있었는지, 앞으로는 어떤 일이 사라지고 없어지게 될지 조명한다. 죽음을 맞는 이야기 속 등장인물들은 우리가 그들을 좋아하건 싫어하건 자신의 실체를 드러낸다. 그들이 살길 바라건 죽길 바라건, 우리 독자들은 그들의 운명에 온전히 집중해야 한다.

특히 불치병으로 인한 죽음인 경우, 죽음의 마지막 순간은 여러 가지 죽음의 모습 가운데 하나에 불과하다. 죽어가는 사람은 자기 자신의 자율성이나 존엄성을 상실하는 등 또 다른 작은 죽음을 앞서 여러 차례 경험하기 때문이다. 스스로의 죽음을 맞닥뜨린 작가나 소설 속 등장인물들은 만국 공통의 언어로 죽음을 묘사한다. 이러한 언어는 죽음이 가까워질수록 변하거나 때로는 그대로 남아 있기도 한다.

히친스는 『신 없이 어떻게 죽을 것인가』에서 자기 연민에 빠지지 않겠다는 굳은 결심을 끝까지 굽히지 않았다(적어도 글에서 보인 모습은 그랬다). 암 환자로서 인간의 품위를 잃어감에 대해 이야기할 때조차 그는 유머와 재치를 잘 활용할 줄 알았다.

히친스는 이렇게 이야기했다. "누군가 아주 그럴듯한 목소리로 나를 달래듯 이렇게 말했다. '조금 따끔할 거예요.'"

(그는 이어 이렇게 말했다. "분명히 말하는데, 남자 환자들은 이 사소한 농담을 듣고 난 뒤 며칠 동안은 자기들이 상상할 수 있는 모든 가능성을 다 상상해 본다."[*])

히친스는 이 부분을 쓰면서 히죽거리며 웃었을 것 같다. 죽음은 그로부터 모든 것을 앗아가지 않았다. 비록 죽음이 다가오고 있었지만, 지성과 냉소적인 모습, 유머감각 등 그의 개성은 하나도 변하지 않았다. 물론 모든 사람들이 히친스 같을 수는 없지만, 적어도 히친스는 자기가 어떤 모습인지 우리들에게

---

* 따끔하다는 뜻의 prick는 남성의 성기를 가리키는 속어로도 사용된다. ─옮긴이

보여 주고 싶었던 것이다. 그는 아직까지 잘 버티고 있음을, 아직까지 잘 살아 있음을 독자들에게 알리고 싶었던 것이다.

내 어머니는 라이프스타일이나 취향 면에서 히친스와는 모든 것이 정반대였다. 일단 히친스는 무신론자였고, 어머니는 신실한 신앙인이었다. 어머니는 늘 입버릇처럼 "하느님은 좋은 분"이라고 했다. 반면, 히친스는 『신은 위대하지 않다』라는 제목의 저서를 남긴 사람이었다. 어머니는 병문안을 온 모든 사람들—이들 중에는 어머니가 40년 동안 다녔던 교회 목사도 있었는데, 그는 어머니를 만나러 뉴욕에서 마이애미까지 먼 길을 마다하지 않았다—에게 "하느님이 당신을 보내 주셨군요"라고 말했다. 하지만 히친스와 어머니에게 한 가지 공통점이 있었으니 바로 존 디디온이 그녀의 저서 『상실』에서 언급했던 "자기 연민의 문제", 즉 "왜 하필 나인가?"에 크게 집착하지 않았다는 점이었다.

『신 없이 어떻게 죽을 것인가』의 히친스:
"왜 하필 나인가?"라고 바보 같은 질문을 하면, 우주는 아주 귀찮다는 듯 이렇게 겨우 대답한다. "안 될 것도 없잖아?"

화학요법을 받고 난 어머니:
나는 내일 모레 여든이란다. 아이들도 이제는 다 컸어. 어린

애가 있는 젊은 여자들 대신 내가 안 될 것도 없잖니?

"내가 육체를 지닌 것이 아니라, 내가 곧 육체다." 히친스는 이렇게 말했다.

어머니는 죽음이 가까워 오면서 간호사들이 손으로 직접 대변을 제거해 줘야 했고, 몇 주에 한 번씩은 복부를 통해 피가 섞인 체액을 배출시켜야 했다.

어머니는 농담반 진담반으로 이렇게 말했다. "내 안에 강이 흐르고 있는데, 절대 멈출 생각을 안 하네."

우리 모두는 곧 육체다. 하지만 병에 걸려 죽어가는 육체는 우리 눈앞에서 쇠락해 간다. 죽어가는 몸뚱이와 생사를 같이함을 이야기하는 내러티브는 우리에게 많은 것을 시사한다. 젊은 사람이건 늙은 사람이건, 우리의 육체는 늘 불가사의한 대상이기 때문이다. 우리는 대개 건강한 육체에는 큰 관심을 기울이지 않는다. 우리가 관심을 보이는 것은 오로지 우리와 사랑하는 사람들의 육체가 병에 걸렸을 때뿐이다. 우리는 육체의 한 부분은 (예를 들면 뇌는) 아주 멀쩡한데 다른 부분이 쇠하고 있다는 사실을 잘 이해하지 못한다. 어떻게 한쪽 폐나 신장은 병에 걸렸는데 다른 쪽은 아무런 문제가 없을 수 있을까? 아마 몸 안의 서로 다른 기관을 방어하는 일이 몸이라는 유기체 자체를 죽게 만드는 건지도 모른다.

수전 손택은 1989년에 발표한 저서 『에이즈와 그 은유』에서 그녀가 1978년에 발표했던 전편 『은유로서의 질병』에 대해 "누군가 암 진단을 받고는 눈물을 흘리고, 어떻게 이에 맞서 투병 생활을 했고, 주변의 위로를 받았으며, 고통을 겪고, 용기를 얻게 됐는지 등을 (비록 내가 이 모든 과정을 겪긴 했지만) 일인칭 화법으로 다시 이야기하는 것"을 쓸모없는 일이라 생각했다고 말했다.

그녀는 질병이 흔해빠진 나머지 사람들이 진부하게 생각할 수 있는—심지어 죽음마저 상투적으로 느껴질 수 있는—개인적인 경험을 공유하길 꺼렸다. 대신 그녀는 레프 톨스토이의 단편 「이반 일리치의 죽음」 같은 과거의 작품을 토대로 "열렬한 열정을 갖고, 활기찬 삶을 살거나 글을 쓸 수 있는 시간이 더이상 많이 남아 있지 않다는 두려움을 갖고" 자신의 이야기를 썼다. 이러한 열정은 자기 이야기를 공유하고자 하는 글쓴이의 욕망, 축복받은 대화를 나눌 수 있는 기회에 대한 감사함으로 연결된다.

시인이자 사회운동가인 오드리 로드는 『암 투병기』에서 유방암과 사투를 벌였던 14년의 시간과 자신이 평생 흑인 페미니스트, 레즈비언, 어머니, "전사 시인(warrior poet)"으로 투쟁해온 삶의 유사성에 대해 이야기한다.

그녀는 유방절제술을 과거 아마존 다호메이 여전사들이 활을 더 정확하게 쏘기 위해 오른쪽 유방을 잘라 버렸다는 이야기와 비교하면서, 온전했던 육체의 상실을 애통해한다.

나는 내가 지금 느끼고 있는 고통에 대해, 내 두 눈에서 흐르는 뜨뜻미지근한 눈물에 대해 이야기하고 싶다. 하지만 무엇을 위해 이야기한단 말인가? 절제해 버린 유방을 위해? …… 미룰 수 없는 죽음을 위해? 우아하게 받아들일 수 없는 죽음을 위해?

오드리 로드와 수전 손택은 "죽어가는 삶"을 이야기하는 목표를 제시한다. 아마 그들의 목표는 두 사람에게 많은 시간이 남아 있지 않다는 사실과 연관이 있을지도 모른다. 반드시 필요한 일을 할 수 있는 시간만 있을 뿐, 부연 설명이나 워밍업에 낭비할 시간이 없다.

어떻게 해야 우아하게 죽음을 받아들일 수 있을까? 고통으로 인해 신음하고, 스스로의 사지와 오장육부를 통제할 수 있는 능력이 사라지는데도 죽음을 우아하게 받아들이는 것이 가능할까? 글을 쓰는 작가도 환자를 돌보는 보호자와 똑같은 책임이 있을까? 작가들은 글 속의 등장인물의 죽음을 우아함과는 거리가 멀게 그리는 반면, 우리가 현실에서 사랑하는 사람들은 토니 모리슨이 『빌러비드』에서 말한 것처럼 "크림 같이 부드럽게" 세상을 떠나길 바란다. 이렇게 상반된 입장은 스스로의 죽음을 앞두고 글을 썼던 히친스, 손택, 로드 같은 작가들이 심도 있게 탐구한 바이다.

유방절제술 이후 펜을 들 수 없었던 오드리 로드는 죽음과 다른 문제에 대한 그녀의 생각을 카세트테이프에 녹음했다.

병원에 있었던 마지막 며칠 동안 녹음했던 카세트테이프에는 아주 쇠약해져 버린 여인의 목소리만이 있었다. 그녀는 아주 힘겹게, 거의 들리지도 않는 목소리로 이야기했다 …… 나는 이 기록이 오로지 비통함에 대한 것으로 남지 않길 바란다. 나는 이 기록이 오로지 눈물에 대한 것으로 남지 않았으면 한다.

로드는 가장 약해져 버린 순간에도 스스로를 채찍질했다. 그녀는 죽어 가는 육체를 기록하는 작가의 입장에 있었지만, 오로지 상실과 비통함에 대해 글을 남기고 싶지 않았던 것이다. 그녀는 죽음이 이야기의 핵심이 되는 것을 원치 않았다.

어머니가 세상을 떠난 지 4개월 뒤, 나는 로드의 『암 투병기』를 다시 읽다가 그녀가 처음 유방절제술을 받았던 나이가 당시 내 나이와 같다는 것을 깨달았다. "나는 46세로 오늘 이렇게 살아 있음을 매우 기쁘게, 매우 반갑게, 매우 행복하게 생각한다." 그녀는 46세가 된 생일날 이렇게 이야기했다.

나는 그녀의 글을 통해 "죽어가는 삶" 또는 살아 있는 죽음이 가능하다는 사실에 안도감을 느꼈다. 적어도 글 속에서는 말이다. 피터팬의 어록에 따르면, 죽는다는 건 "아주 재미난 모험"이다. 수필의 아버지라 일컬어지는 미셸 드 몽테뉴는 "죽음이란 …… 우리가 해야 할 가장 위대한 일"이라고 했다. 하지만 죽음이란 살면서 단 한 번밖에 경험할 수 없는 일이기에 미리 연습한다고 잘 할 수 있는 게 아니다. 또한 누군가 홀로 죽음을 맞는 경우에도, 죽음은 삶과 뚝 떨어져 존재하지 않는다. 죽음은 진행되고 있는 삶 가운데 갑자기 느닷없이 찾아들기 때문이다.

　"이 세상에 자연사라는 건 없다." 시몬 드 보부아르는 어머니가 세상을 떠나기까지의 마지막 몇 주를 기록한 『아주 편안한 죽음』에서 이렇게 말했다. "사람은 태어났기 때문에, 명이 다 했기 때문에, 늙었기 때문에 죽는 것이 아니다. 사람은 **무엇인가에 의해서** 죽는 것이다. …… 암, 혈전증, 폐렴 같은 질병은 하늘 위를 날아가던 비행기의 엔진이 갑자기 멈추는 것만큼이나 예상할 수 없는 끔찍한 일이다." 또 가브리엘 가르시아 마르케스의 표현에 따르면, 우리는 '죽음'으로 죽는다. 마르케스는 죽음을 "일생동안 경험하는 것 중 가장 중요한 일"이라고 했다. 죽음에 다가서는 것, 특히 병으로 인해 죽음에 가까워지는 것은 소극적이거나 단조로운 경우가 드물다. 죽어가는 사람들은 그들의 일생에서 가장 중대한 전투를 치른다. 죽어가는 것이란 톨스토이가 「이반 일리치의 죽음」에서 언급한 것처럼 "맹장이나 신장의 문제가 아닌, 삶 …… 그리고 죽음의 문제"이다.

자기 자신의 죽음에 대해 글을 쓰거나 이야기하는 행위는 스스로의 삶을 능동적으로 이끌 수 있는 계기를 부여한다. 죽어감에 대해 글을 쓰거나 녹음하는 사람들은 소극적으로 죽음을 맞지 않는다. 따라서 우리는 그들을 소극적인 인물로 표현하지 않아야 한다. 그들이 죽음에 결국 항복했다 해도 그 자체가 어려운 과정이었기 때문이다. 젊은 사람이건 늙은 사람이건 죽어가는 사람들은 대개 죽음을 그냥 받아들이기보다 죽음에 맞서 투쟁한다.

우리가 죽어감에 대해 이야기할 때 딜런 토마스의 시 「어두운 밤을 순순히 받아들이지 마십시오」를 종종 인용하는 것은 다 그만한 이유가 있어서이다. 사랑하는 사람이 혼수상태로 중환자실에 누워 있거나 호스피스에서 죽음을 기다리고 있다면, 우리는 그의 귀에 딜런 토머스의 이 시를 속삭여 주고픈 충동을 느낀다.

그리고 당신, 그 슬픈 높이에 있는 나의 아버지
당신의 격렬한 눈물로 나를 저주하고 축복하십시오.
어두운 밤을 순순히 받아들이지 마십시오.
죽어가는 빛에 분노하고 또 분노하십시오.

그리고 당신, 그 슬픈 높이에 있는 나의 어머니 ……

충분히 분노하셨나요?

우리는 사랑하는 이들이 쉽게 죽음에 항복하지 않았다고 생각하고 싶어 한다. 스스로를 위해 죽음에 저항한 게 아니라 우리를 위해, 우리 곁에 한 시간, 하루, 한 주, 한 달, 몇 년 더 있기 위해 죽음에 버티고 저항했다는 사실은 우리에게 위안을 준다.

어머니가 카세트에 녹음한 이야기에는 다소 모호한 점이 있었다. 어머니는 분명 죽고 싶지 않아 했다("오늘이나 내일 죽는 게 아니더라도 말이다"). 하지만 어머니는 언젠가 죽는다는 사실을 결국 수용했다("우리 모두는 언젠가는 죽게 마련이란다"). 그럼에도 불구하고, 어머니는 분노하거나 마지막까지 저항하지 않았다. 죽음에 끝까지 맞서고 싶었다면, 어머니는 더 강한 2차 화학요법을 선택했을 터였다.

나와 형제들은 어머니의 선택을 대부분 존중했지만, 남동생 가운데 한 명은 어머니가 화학요법을 중단하는 것에 동의하지 않았다. 어머니는 과거에 아버지가 불치병에 걸렸을 때 옆에서 병수발을 들었는데, 당시 아버지는 몇 년만이라도 생명을 연장할 수 있는 온갖 치료법이란 치료법을 다 시도했다. 이런 아버지와 반대로, 어머니는 생명을 몇 년 더 늘리고파 하지 않았다. 어머니에게 질질 끄는 투병 생활은 고작 몇 주뿐이었다. 어머니는 죽음에 저항하는 대신, 죽어가는 빛을 순순히 받아들였다.

어머니가 세상을 떠난 뒤, 나는 루실 클리프턴의 시 한 편이 동봉된 조문카드를 받았다. 내게 그 카드를 보낸 친구 역시 얼마 전에 어머니가 세상을 떠났다고 했다. 시의 제목은 「오 기괴한 신이여」였다.

오 기괴한 신이여
내게 돌려주십시오
30대의 내 어머니를

마치 찬송가처럼, 짧고 강렬한 표현의 애원하는 듯한 시의 도입부를 읽자마자 눈가에 눈물이 고이기 시작했다. 나는 이렇게 외치고 싶었다. "오 기괴한 신이여, 오늘 세상에 태어난 어머니를 내게 돌려주십시오. 어머니에게 삶의 끝이 아닌, 삶의 시작을 주십시오."

어머니는 34세일 때 아이티에서 나를 낳았다. 그리고 그로부터 2년 뒤 내 남동생 밥을 낳았다. 아버지가 일자리를 찾아 뉴욕으로 떠난 이후에도 어머니는 38세까지 아이티 포르토프랭스에 남아 나와 남동생을 키웠다. 내가 네 살이 되던 해, 어머니는 나와 남동생을 아이티에 남겨두고 조지프 삼촌과 드니스 숙모를 데리고 아버지가 있는 뉴욕으로 떠났다. 30대 후반의 내 어머니는 두 명의 자식들과 떨어져 뉴욕 브루클린에 사는 불법 이민자 신분이었다. 어머니는 쥐꼬리만 한 임금을 받으며 핸드백을 만드는 공장 노동자로 일했다. 어머니는 40대 초반 무렵 켈리와 칼이라는 남동생을 두 명 더 낳았다.

아이티 크리올어로 "lòt bò dlo"라는 말은 누군가가 "물 건너편에 있다"는 표현이다. 이는 외국에 나가 있다는 뜻이기도 하고 세상을 떠났다는 뜻이기도 하다. 내 어머니는 이미 40세에 lòt bò dlo, 내가 있는 물 저 건너편에 있었다.

아르스 모리엔디

아버지의 여동생인 레지아 고모는 아버지보다 7년을 더 오래 살다가 아이티에서 세상을 떠났다. 고모는 아버지가 죽은 뒤 나를 만날 때마다 당신이 더 오래 살고 있다는 게 신기하다고 늘 이야기했다.

"나는 이렇게 살아 있는데 네 아버지는 여기 없다는 걸 믿을 수가 없구나." 이렇게 말하는 고모의 목소리에는 몇 년 전 아들 두 명을 저 세상으로 먼저 보낸 이야기를 할 때와 똑같은 고통이 어려 있었다.

레지아 고모는 포르토프랭스 시내에서 책방 겸 문구점을 30

• 출처: As "Homage to a Creative Elder" in *The Nation*, January 2013

년 동안 운영했다. 어느 날, 고모는 가게 문을 닫고 집으로 돌아오는 길에 심각한 뇌졸중을 일으켜 발을 헛디뎌 넘어지면서 길바닥에 쓰러졌다. 옆에 있던 상인에게 이야기한 두 단어 "Tèt mwen", "내 머리"가 고모의 마지막 말이었다.

나는 다음날 새벽 세 시가 되어서야 레지아 고모가 낙상 사고를 당해 혼수상태에 빠졌으며 현재 포르토프랭스 공항 근처 외상센터에 입원해 있다는 소식을 전해 들었다. 고모의 침상을 지키던 사촌 아가트는 내게 전화를 걸어 혹시 내가 미국인 담당 의사와 이야기를 나눠 볼 수 있겠느냐고 물었다.

담당 의사는 필라델피아에서 온 여의사로, 목소리가 젊었다. 의사는 레지아 고모가 낙상 이후 의식 불명 상태에 빠졌다고 했다. 고모가 고혈압으로 인해 출혈성 뇌졸중을 일으켰으며, 예후가 매우 좋지 않다고 덧붙였다. 아가트는 다른 의사로부터 고모가 아마 오늘밤을 넘기지 못할 것 같다는 이야기를 들은 상태였다. 하지만 미국인 의사는 내게 다른 의사의 말이 맞다고도 틀리다고도 하지 않았다.

"때로 사람의 몸은 시간을 필요로 합니다." 의사는 이렇게 말했다.

정말 레지아 고모의 몸은 시간을 필요로 했다. 고모는 비록 의식을 다시 회복하지 못했으나, 그날 세상을 떠나는 대신 일주일 동안 혼수상태에 있었다.

만약 레지아 고모의 죽음을 소설로 썼더라면, 그 소설에는 분명 임종 장면이 등장했을 것이다. 당시 아이티에서 1,100킬로미터 넘게 떨어진 마이애미에 있던 나는 고모의 임종을 상상해 보려 했다.

어머니의 죽음을 직접 경험하기 전 내가 누군가의 임종을 "지켜본" 것은 책이나 영화에서 본 것이 전부였다. 그 외에는 모두 다른 사람들을 통해 전해 들은 이야기로, 아버지의 죽음도 그 중에 하나였다.

레지아 고모의 마지막 순간도 토니 모리슨의 1973년도 소설 『술라』에 등장하는 여주인공 술라의 마지막과 비슷했을까? 이 승에서의 마지막 숨을 거두기 전 고모의 머릿속에는 어떤 이미지가 스쳐갔을까? 심한 피로감과 에너지 고갈로 "비명을 지르기 위해 숨을 깊게 들이마시기는커녕 입술조차 떼기 힘든" 느낌이었을까? 고모는 죽음의 저편에 영원한 잠과 단비 같은 휴식이 있을 거라 생각했을까? 혹시 죽음이 생각했던 것보다 고통스럽지 않다는 사실에 놀라움을 금치 못했을까?

지친 기대감에 빠져 있던 술라는 자신이 숨 쉬고 있지 않음을, 자신의 심장이 완전히 멎었음을 알아차렸다. 한 줄기 공포가 그녀의 가슴을 건드렸다. 당장이라도 머릿속에 난폭한 폭발이 일어나고 숨이 막힐 것만 같았다. 그러던 그녀는 이제

더 이상 어떤 고통도 없으리라는 것을 깨달았다. 아니, 사실
은 느꼈다. 그녀가 숨을 멈춘 것은 숨을 쉴 필요가 없기 때문
이었다. 그녀의 몸은 더 이상 산소를 필요로 하지 않았다. 그
녀는 죽었다.

위 문단은 3인칭 제한적 시점을 명확하게 사용하고 있다. 우
리는 술라의 머릿속을, 아니 그녀의 마음속을 들여다보게 된
다. 술라는 숨을 멈추었다고 했으나, 적어도 나는 이 문단을 읽
었을 때 죽음 자체가 결정적인 사건이라는 인상을 받지 않았
다. 죽음이 아주 단순한 것으로 묘사되기 때문이다("그녀는 죽었
다"). 오히려 가장 결정적인 사건은 "한 줄기 공포"가 그녀의 가
슴을 건드렸다가 사라진 사건이었다.

공포의 느낌 뒤에는 "머릿속에 난폭한 폭발"을 예상하는 무
시무시한 두려움이 따라온다. 공포와 잠재적인 폭발에 대한 두
려움은 술라의 종잡을 수 없는 극단적인 성격을 보여 주는 것
으로, 작가는 여기서 술라의 전향적인 사고방식을 다시 한 번
강조한다. 술라는 자신의 몸이 더 이상 산소를 필요로 하지 않
음을 깨닫는데, 이는 마치 죽음을 통해 우리가 산소를 필요로
하는 약점에서 벗어나기라도 한 것 같은, 슬픔이 아닌 승리의
기쁨이다. 우리는 술라가 숨을 거두고 난 뒤에 어떤 일이 벌어
지는지 이 장면 뒤에 몇 가지 순간을 더 보게 된다.

"술라는 자신이 미소 짓고 있다는 것을 느꼈다. '뭐 이런 일이 다 있지.' 그녀는 생각했다. '아프지도 않잖아. 기다렸다 넬한테 말해 줘야지.'"

술라가 미소를 띠었다는 사실에서 알 수 있듯이, 죽음은 술라의 이야기가 끝났다는 의미도, 그녀와 넬의 복잡한 우정이 끝났다는 의미도 아니다. "기다렸다 넬한테 말해 줘야지"는 술라와 넬이 앞으로도 영원히 함께할 것이라는 의미다. 비록 술라는 이승을 떠났지만, 두 사람의 관계는 계속 유지될 것이다.

사랑하는 사람이 죽어가는 모습을 지켜본 많은 사람들은 과연 언제부터 그 사람이 자기가 죽어간다는 사실을 수용하기 시작했을까 궁금하기도 하고 의문스럽기도 하다. 나도 어머니가 죽음을 수용한 시점이 언제였는지 궁금했다. 어머니가 카세트 테이프 녹음을 시작한 때였을까? 남동생(어머니가 화학요법을 중단하지 않길 바랐던 그 남동생)이 뉴욕에서 어머니를 보러왔던 임종 마지막 주말이었을까? 어머니는 남동생에게 갈증이 난다고 말했는데, 문제는 어머니가 물을 마시려고 할 때마다 물이 목에 걸린다는 것이었다. 남동생은 호스피스 간호사의 권유대로 어머니에게 물 대신 오렌지 아이스바를 건넸다. 어머니는 행복한 표정으로 아이스바를 절반 먹고는 남은 절반을 남동생에게 주며 "M santi m prale" "내가 죽어가는 것 같구나"라고 했다.

어머니는 남동생에게 손짓을 하더니 하늘을 날아가는 새를 흉내내 보였다.

어머니가 점점 쇠약해지는 모습을 지켜보던 나는 사랑하는 사람이 죽어가는 것을 바라보려면 죽음이 우리 자신을 엄습해 오는 느낌을 불가피하게 겪어야 한다는 사실을 깨달았다. 이는 죽음이 방에 들어와 잠시 멈춰 섰다가, 우리 곁을 지나쳐 사랑하는 사람에게 손을 뻗는 것을 보는 느낌이었다. 이때가 되면 우리들 가운데 먼저 죽는 사람이 있고 나중에 죽는 사람이 있을 뿐, 우리 모두가 언젠가는 죽는다는 진실을 깨닫게 된다.

톨스토이는 그의 짧은 회고록인 『참회록』에서 자신에게 영향을 미쳤던 죽음에 대해 이야기했다. 그는 크림전쟁 당시 동료 병사들이 죽어가는 모습을 보았다. 그는 파리에서 참수형이 진행되는 모습을 목격했다. 그는 형들이 결핵으로 죽는 모습도 지켜보았다. 그에게는 열세 명의 자녀들이 있었지만 다섯 명이 그보다 먼저 죽었다. 톨스토이의 어머니는 그가 두 살이었을 때, 아버지는 그가 아홉 살이었을 때 세상을 떠났다. 이 모든 죽음을 경험한 그는 이렇게 결론지었다. "언젠가는 질병과 죽음이 내가 사랑하는 사람들과 나 자신을 덮칠 것이며(이미 덮치기도 했다), 악취와 구더기 외에는 아무것도 남지 않을 것이다."

톨스토이가 이런 심리상태였기 때문에 그가 죽음에 대해 생생하고 일관적인 관점에서 글을 쓸 수 있었는지도 모른다. 그는 『참회록』에서 맹수를 피하기 위해 우물에 뛰어들려 하는 나그네의 우화를 이야기한다. 그 우화에 나오는 우물 바닥에는 용이 한 마리 있어서, 우물로 뛰어들면 나그네는 용에게 갈가리 찢겨 죽임을 당할 수도 있다. 우물에 뛰어들어도, 뛰어들지 않아도 죽을 판국에 처한 나그네는 우물 틈바귀에 자라 있는 야생 관목가지에 매달려 버텨 보려고 한다. 그러던 나그네의 눈에 쥐 두 마리가 관목 줄기를 갉아먹고 있는 모습이 보인다. 나그네는 자신의 죽음이 불가피하다는 사실을 깨닫는다. 체념한 그는 관목 잎에 두 방울의 꿀이 맺혀 있는 것을 보고 그 꿀을 핥기 시작한다. 톨스토이는 이 우화를 통해 삶과 죽음의 기로에 있는 우리에게 꿀이 전부라는 사실을 이야기하고 싶었던 것 같다. 그런데 사람이 죽음에 거의 다다랐을 때는 그 몇 방울의 꿀을 핥는 것마저 기쁨을 주지 못할 수도 있다. (내 어머니에겐 꿀 대신 오렌지 아이스바였다.)

"이 두 방울의 꿀 …… 가족을 향한 사랑과 내가 예술이라 불렀던 글쓰기에 대한 사랑조차 더 이상 내겐 달콤하지가 않다." 톨스토이는 이렇게 말했다.

톨스토이의 『참회록』에는 자살을 고려할 정도로 깊디깊은 절망이 드러나 있다. 예술적인 글쓰기를 위해 그런 비슷한 절망을 경험해 보라고 권하는 것은 절대 아니나, 적어도 톨스토이는 죽음에 매료되었고, 또 자신이 죽어가는 모습을 쉽게 상상할 수 있었기에 『참회록』, 「이반 일리치의 죽음」 및 여러 소설에서 죽음에 대해 그렇게 훌륭하게 묘사할 수 있었을 것이다.

죽음에 노출되면 죽음에 대한 글쓰기가 쉬워지긴 한다. 하지만 우리가 직접 죽는 것도 아니고, 죽는다는 게 어떤 건지 주변에 물어볼 사람도 없을 때는 어떻게 해야 죽어가는 이의 관점에서 그럴듯한 글을 쓸 수 있을까?

마이클 온다체는 『잉글리시 페이션트』에서 이렇게 이야기했다. "죽음이란 네가 3인칭이 된다는 말이지."

"임사(Near-death) 체험"에 대한 이야기가 있긴 하지만, 세상에 그 어떤 이야기도 되돌아올 수 없는 죽음의 문턱을 직접 넘었던 경험을 서술한 것은 없다. 따지고 보면 우리는 죽는 게 어떤 건지, 죽어 있는 게 어떤 건지 오로지 상상할 수 있을 뿐이다. (윌리엄 포크너의 소설 『내가 죽어 누워 있을 때』에서 죽음을 맞이하는 ── 사실 이미 죽었다고 볼 수 있는 ── 등장인물 애디는 아버지가 "우리가 살아가는 이유는 죽을 준비를 하기 위해서"라고 말했던 것을 떠올린다.)

"우리 현실에 죽음의 체험 같은 건 없다. …… 기껏해야 타인의 죽음에 대한 경험을 말할 수 있을 뿐이다. 타인의 죽음이란 대용품이자 환상에 불과하므로 우리를 결코 충분히 설득할 수 없다." 알베르 카뮈는 그의 '부조리의 철학'을 고찰한 『시지프 신화』에서 이렇게 말했다.

하지만 카뮈가 그의 소설과 수필에서 그러했듯, 우리는 지금도 여전히 타인의 죽음에 대해 이야기한다. 우리는 죽은 이에 대해 이야기함으로써 우리의 상실감을 이해하고, 미련에서 조금이나마 벗어나며, 죽은 이의 영혼을 글에 담고, 그 부재의 상황을 언어로 치환한다. 죽음이란 그 무엇과도 비교할 수 없는 경험이기에 우리는 죽음에 대한 글을 읽고, 여전히 불가사의의 영역으로 남아 있는 죽음에 대해 혹시라도 통찰력을 얻을 수 있을까 기대하며 우리 주변에 죽어가는 사람들의 이야기에 귀기울인다. 누군가 평온하고 기품 있게 죽음을 맞이하는 모습은 우리가 훗날 어떻게 죽어야 하는지, 우리가 어떻게 살아가야 하는지에 대한 귀감이 된다. 우리는 누군가의 고통스럽고 한 많은 죽음을 하나의 충고이자 경고로 받아들여, 우리가 언젠가 죽을 차례가 됐을 때 그보다 좋은 죽음을 맞이할 수 있도록 신변을 잘 챙겨야 한다는 것을 깨닫는다.

소설가이자 회고록 작가 애니 딜러드는 그녀의 저서 『창조적 글쓰기』에서 모든 이야기를 쓸 때는 이것이 마지막인 것처럼, 마치 내가 죽어가고 있는 것처럼 글을 쓰라고 권했다. "이와 동시에, 불치병 환자들로만 이루어진 청중에게 글을 쓰는 거라고 가정하자. 이것이 우리의 현실이기 때문이다. 당신이 곧 죽는다는 사실을 알게 된다면 당신은 무슨 글을 쓸 것인가? 죽어가는 사람을 분노하게 만들지 않도록, 어떤 사소치 않은 이야기를 해야 할 것인가?"

모든 작가들은 각자 다양한 믿음, 경험, 관찰을 토대로 죽음에 대해 이야기한다. 죽어간다는 것이 과연 무엇인지 다른 사람들과 공유하고자 했던 톨스토이의 열망은 비단 문학에만 국한되지 않았다. 그는 훗날 죽음에 맞닥뜨렸을 때 죽어간다는 느낌이 어떤 것인지 묘사할 수 있도록 자신의 눈의 움직임 등여러 가지 신호를 미리 생각해 뒀다고 전해진다. 톨스토이는상당히 독특한 죽음을 원했고, 실제로도 독특한 죽음을 맞았다. 그는 82세가 되던 해, 한 작은 마을에 있는 기차역 역장 관사에서 폐렴으로 세상을 떠났다. 죽기 전 며칠간의 행적이 기록으로 남아 있는데, 그가 죽기 전 마지막으로 남긴 말은 "농부들은어떻게 죽음을 맞이하는가?"였다고 한다.

농부들은 어떻게 **죽음을 맞이하는가**? 어머니들은 어떻게 죽음을 맞이하는가? 아무리 죽음을 실제로 목도해도 우리는 이를100% 확신할 수 없다. 모든 죽음은 각자 죽어가는 사람마다 독특하기 때문에, 우리는 결코 분명한 답을 얻을 수 없을 것이다.절대적인 정답이 없으므로 우리는 신념과 믿음, 상상에 의지할수밖에 없는데, 이는 우리에게 죽음에 대한 두려움을 주기도,또는 안도감을 주기도 한다.

죽음을 묘사하는 장면에도 정해진 길이의 제한은 없다. 타이에 셀라시의 2013년도 데뷔작 『가나 머스트 고』를 보면, 한 가족의 가장이자 유능한 외과의사인 퀘쿠 사이가 고향 가나에 있는 한 정원에서 죽어가는 장면이 장장 90페이지에 걸쳐 묘사된다. 소설의 첫 페이지에는 죽음의 시작이 이렇게 그려진다. "해가 뜨기 전 일요일 새벽, 퀘쿠는 맨발로 죽음을 맞이한다. 그가 신던 슬리퍼는 마치 개처럼 그의 침실 문간에 놓여 있다." 그가 마지막으로 숨을 거두는 장면은 91페이지 뒤에 등장한다.

첫 페이지와 91페이지 사이에는 퀘쿠의 유년시절, 그가 첫 번째 아내와 두 번째 아내를 만나게 된 배경, 네 명의 자녀들이 태어난 이야기, 어머니의 죽음 등 그가 가나와 미국에서 겪은 주요 사건이 플래시백 형식으로 등장한다. "천천히 진행되는" 그의 심장마비가 위급해졌다 괜찮아졌다를 반복하는 것과 맞물려, 퀘쿠의 생각은 시적인 의식의 흐름에 따라 흘러간다. 몇 가지 생각들이 아주 짧은 문단에 스쳐 지나간다.

그가 정원에서 죽음을 맞으며 떠올리는 생각은 두운법으로 표현된다. 그의 생각은 시적인 동시에 음악적이다.

눈부신 정원.
눈부신 촉촉함.

그는 조금 뒤 이렇게 깨닫는다.

잔디 위의 이슬방울이

그의 발바닥에.

갑자기, 촉촉하게, 뜻밖에, 너무도 충격적이게 아픔을 준다.

시간은 휙휙 지나간다.

다시 1989년 겨울.

브리검의 출산 병동에서……

다음 이야기가 이어진다.

또 다시 1993년, 한 병원.

늦은 오후, 초가을.

로비.

위와 같은 글쓰기는 영화 시나리오에서 흔히 보이는 기법으로 장소와 시간을 빠르고 간략하게 보여 주는 기능을 한다. 마치 리얼리티쇼에서 카메라맨이 등장인물을 졸졸 따라다니며 인물의 다양한 이미지를 보여 주듯, 퀘쿠가 이 대목에서 자상한 남편, 존경받는 의사, 책임 있는 가장으로서의 자신의 지나간 삶을 훑어가는 방식은 상당히 그럴듯하다. 뿐만 아니라, 퀘쿠는 자신의 죽음이 코앞에 다가왔음을 알고 있기 때문에 장소와 시간을 빠르게 전환해야 한다. 헤밍웨이의 "빙산"과는 정반대로, 퀘쿠는 풍성하고 다층적인 "생각의 소용돌이"를 통해 가능한 한 많은 순간을 회상하고 나서야 죽음을 마침내 수용한다. 그의 과거에 대한 회상은 그가 한평생 잘못된 것을 좇으며 살아왔다는 사실도 보여 준다.

"난 무엇이 아름다운지 하나도 모르고 살았구나." 그는 이렇게 생각한다. "아름다운 것을 진작 보았더라면, 또 진작 알았더라면 그것을 얻기 위해 싸웠을 텐데!"

작가는 죽음을 앞둔 퀘쿠의 가장 큰 후회가 무엇인지 이야기하며, 우리가 이를 간과하고 넘어가지 않기를 바란다. 이후 페이지를 한참 넘기면, 다음과 같은 아름답고 강렬한 이미지가 묘사된다.

그렇게 죽음이 온다.

그는 얼굴에 미소를 띤 채 엎드려 있다. 꿀을 다 빨아먹고 난 나비가 내려앉는다. 터키석의 파란색과 분홍색이 강렬한 대조를 이룬다. 하지만 나비는 이러한 아름다움, 대조, 상실에 무심하게 그저 정원 위를 나풀나풀 날아 그의 발 위를 맴돌 뿐이다. 나비는 그를 달래기라도 하는 듯 그의 발바닥 위에서 날갯짓을 한다. 날개가 열렸다가, 닫힌다. 새로운 죽음을 냄새 맡은 개가 짖어대자 나비는 깜짝 놀란다. 나비는 날개를 한 번 퍼덕이더니 멀리 날아간다.

침묵이다.

우리는 이 나비가 죽음과 사후세계를 은유하는 대상이라는 것을 어렵지 않게 파악할 수 있다. 나도 작품에서 죽음을 나비로 은유한 적이 있었고, 거장 가브리엘 가르시아 마르케스 역시 이승에 찾아온 영혼의 상징, 불가사의의 징후, 좋은 소식과 나쁜 소식의 조짐으로 나비의 이미지를 사용한 바 있었다. 『가나 머스트 고』에서는 나비가 이야기에 밀접하게 연결되어 있으므로 무엇을 은유하는 것인지 쉽사리 짐작할 수 있다.

이 소설에서 처음 나비가 등장하는 것은 퀘쿠 어머니의 장례식장에 "검고 푸른 …… 터키석처럼 쨍한 파란색" 나비가 어머니의 발끝에 내려앉는 장면이다. 이후, 퀘쿠는 죽음에 가까워지면서 "이제 쉬려무나"라고 말하는 어머니의 목소리를 듣는다. 어머니가 죽었을 때 어머니의 조상 가운데 누군가 나비가 되어 어머니를 찾아왔듯, 어머니 역시 나비가 되어 아들의 발바닥에 내려앉아 아들을 달래는 것이라 봐도 무리가 없다.

여기에서 작가 셀라시가 묘사하는 나비는 스워드테일이라는 특이한 종류로, 이 나비는 이민자 출신의 주인공 가족들이 죽음의 마지막 여정을 준비하는 것을 돕는다.

또 이 책에서는 페이지에 단어가 어떻게 배치되어 있는지를 보면 감정이 어떻게 흐르고 그 감정이 언어에 어떻게 드러나는지 알 수 있다. 가령, "침묵이다"라는 단어만 있는 거의 여백에 가까운 페이지는 마치 묘석을 보고 있는 듯한 인상을 남긴다. 뿐만 아니라, 이 "침묵이다"는 책의 1부와 2부를 연결하는 역할을 한다. 1부 「사라진」(Gone)은 퀘쿠의 죽음을 묘사한 부분이고, 2부 「사라지고 있는」(Going)은 장례식을 준비하기 위해 모인 퀘쿠 가족들의 이야기다. 나는 개인적으로 이 "침묵이다"만 있는 페이지가 누군가 세상을 떠난 직후부터 사람들이 그의 부고를 듣기 전의 순간처럼 느껴진다. 그 침묵의 순간만큼은 사람들의 마음속에 그가 아직 살아 있는 존재다 보니, 우리는 그 순간을 조금이나마 연장하고파진다.

『가나 머스트 고』를 읽은 뒤 몇 년이 지났을 무렵, 나는 가까이 지냈던 사람들, 또 레지아 고모처럼 멀리 떨어져 살았던 사람들이 죽음을 맞는 것을 지켜보며 전에 읽었던 이 책을 계속 떠올리곤 했다. 나는 작가 셀라시가 주인공 퀘쿠의 죽음에 대해 그토록 설득력 있게 이야기할 수 있었던 비결이 궁금해 그녀에게 이메일을 보냈다.

그녀의 답장에 따르면 그녀는 소설의 첫 100페이지를 "마치 무언가에 홀린 듯, 지금까지 썼던 그 어떤 글보다 빠른 속도로 완성했으며, 첫 문장이 머릿속에 떠오르자마자 노트북 앞으로 달려가 쉬지 않고 타이핑했다"고 말했다. 그녀는 글을 다 쓰고 나서야 글의 구조가 복잡하고, 시간적 순서 대신 에피소드 별로 나열되어 있음을 알았다고 했다.

주인공의 삶을 플래시백 형태로 보여 주는 것은 흔한 수사법이지요. 죽음을 기다리는 퀘쿠는 그의 지나간 삶이 자기 눈앞에 (또 독자들의 눈앞에) 펼쳐지는 것을 봅니다. 이때 과거의 기억을 촉발하는 것은 지금 그의 눈에 보이는 이미지, 그가 느끼는 감정이에요. 그는 정원에 내린 이슬방울을 보고 딸의 출생을 떠올리죠. 그의 마음이 움직이는 대로 하나의 기억은 또 다른 기억으로 자연스럽게 이어집니다. 그의 기억은 시간을 앞뒤로 넘나들면서 현재 주변을 천천히 맴돌아요. 맞아요, 그는 죽어가면서 자기 삶에 영향을 미쳤던 가슴 아팠던 일들을 기억하고 있어요. 그는 마지막에 자기가 사랑받고 있었다는 사실을 깨닫고는 가슴 아파하는데, 이는 비극이 아니라 승리라고 봐야죠. 그는 자기 이야기에서 가치 있는 "점"을 발견한 겁니다. 이런 면에서 저는 그가 죽음으로 구원을 받았다고 생각해요.

레지아 고모의 임종 순간은 그리 특별한 것이 없었다고 전해 들었다. 적어도 곁에서 보기에는 그랬다고 한다. 고모는 의식을 잃은 상태였지만, 일주일 동안 산소마스크를 쓰고 정맥주사가 연결된 채 병원에 있었다. 고모의 두 아들과 다른 가족들이 번갈아 고모의 침상을 지켰다. 어느 날 오후, 사촌 프리츠는 고모가 헛기침이라도 하려는 듯 커다랗게 커걱대는 소리를 들었다. 마치 전력질주 후 숨을 헐떡대는 소리처럼 들리기도 했다. 그러더니 위아래로 들썩이던 가슴이 딱 멈추고, 호흡이 더 이상 나오지 않았다.

하지만 안에서는 달랐을지도 모른다. 레지아 고모는 갑작스럽게 죽음을 맞게 된 이 상황과 아직 마무리 짓지 못한 일, 사람들에게 미처 전하지 못한 말에 대해 생각하고 있었을지 모른다. 고모는 조카와 손주들에게 끝내 이야기하지 못한 말을 머릿속에 떠올리고 있었을지도 모른다. 고모는 지난 35년 동안 밥벌이가 되어 준 문구점, 그곳에 있는 펜과 종이, 책에 대해 걱정하고 있었을지도 모른다. 고모는 책방에서 교과서와 가끔은 프랑스 소설을 판매했는데, 그 책들을 무척 아꼈다. 고모는 책의 냄새, 책의 모양, 책등이 꺾어질 때 나는 소리를 사랑했다. 고모가 죽기 전에 마지막으로 떠올렸던 생각은 오로지 하나, 바로 책 포장을 풀 때 느껴지는 희열이었는지도 모른다.

고모는 죽음이 두려웠을까? 분명한 것은 종교와는 무관하게 사람들이 나이가 들면 들수록 죽음에 대한 두려움이 적어진다는 사실이다. 레지아 고모는 당시 70세고 기독교 신자였다. 고모는 아마 몇 년만 더 살 수 있게 해달라거나, 또는 고통 없이 세상을 떠나게 해 달라고 기도했을지 모른다.

톨스토이 역시 기독교인이었다. 그의 단편소설 「이반 일리치의 죽음」에는 어떻게 해야 잘 죽을 것인가에 대한 15세기 기독교의 가르침인 "아르스 모리엔디"(Ars Moriendi) 사상이 잘 나타나 있다. 아르스 모리엔디의 전통에 따르면 죽어가는 사람이 이승에서 마지막 숨을 거두기 전 그의 임종 자리에서는 선한 영과 악한 영이 싸우고 현재와 과거가 힘을 겨루는 전쟁터가 펼쳐진다고 한다.

"과연 내 삶에 나를 기다리고 있는 불가피한 죽음으로 인해 파괴되지 않을 만한 의미는 무엇일까?" 톨스토이는 『참회록』에서 이렇게 질문했다.

우리는 이에 대한 충분한 답을 영원히 찾지 못할 수도 있다. 하지만 우리는 인생—또는 이야기—의 각종 부침을 겪으며 이 질문에 대한 답을 고민하게 된다.

포크너의 『내가 죽어 누워 있을 때』에 등장하는 시골 의사 피바디는 톨스토이의 질문에 직접적이지는 않아도 꽤 그럴듯한 답변을 제시한다.

내가 어렸을 때, 나는 죽음을 그저 몸의 변화라고만 생각했다. 하지만 이제 나는 죽음이 마음의 변화—사별의 고통을 견디는 사람들이 겪는 마음의 변화——그 이상도 이하도 아니라는 걸 안다. 허무주의자들은 죽음이 끝이라고 말한다. 근본주의자들은 죽음이 새로운 시작이라고 말한다. 그런데 사실 죽음이란 어떤 소작인이나 가족이 그가 있던 집이나 마을을 떠나는 거나 똑같다.

어머니의 죽음을 계기로 나는 죽음이 몸과 마음 둘 다의 변화——이는 어머니의 몸과 마음의 변화이자 내 몸과 마음의 변화이기도 했다——라는 것을 깨달았다. 나는 죽음이 끝이 아니라고 믿는다. 나는 어머니에게 죽음이 일종의 새로운 시작, 분명한 시작이라고 생각한다. 또한, 나는 죽음이 한 장소에서 보다 아름답고 평화로운 장소, 보다 영원한 집이나 마을로 이동하는 거라 생각한다.

우리는 퀘쿠 사이처럼 사람들 곁에서 마지막 숨을 거두는 것을 편안한 죽음이라고 생각하는 경향이 있다. 누군가 홀로 죽음을 맞이했다고 하면 마치 그가 엄청나게 혹독한 형벌이라도 받은 것처럼 생각한다. 하지만 죽어가는 순간 옆에 있는 사람이 자기 목숨을 뺏어간 사람이라면 어떨까?

나는 2002년 앨리스 시볼드의 장편소설 『러블리 본즈』를 읽었다. 그해 선풍적인 인기를 얻었던 이 소설은 베스트셀러의

요소를 두루 갖추고 있었다. 소설의 화자는 살해당한 소녀로, 그녀는 자신이 겪었던 성폭행과 죽음, 그녀가 생각하는 천국과 사후세계를 자세하게 묘사한다.

짧은 프롤로그를 넘기면, 소설 1장이 다음과 같이 시작된다.

내 성은 새먼이다. 연어라는 뜻의 바로 그 새먼이다. 그리고 내 이름은 수지다. 1973년 12월 6일 살해되었을 때 나는 열 네 살이었다.

이러한 사실적인 진술 방식은 상당한 신빙성을 제시한다. 비록 무덤에 있는 화자의 이야기긴 하지만, 정확한 날짜와 자세한 시대적 정보는 마치 목격자 진술 같은 인상을 준다. 소설이 진행되면서 차차 알게 되지만, 사실 수지 새먼은 무덤이라고 부를 만큼 제대로 된 장소에 묻히지도 않았다.

앨리스 시볼드는 수지의 이웃집에 사는 하비라는 남자가 수지를 성폭행하고 토막 살인을 저지르는 죽음의 과정을 길고 자세하게 묘사하는 용감하고 대담한 내러티브를 시도했다. 나는 다른 어떤 이야기에서도 살해 장면이 소설 맨 앞부분에서 이렇게 담대하게 그려지는 것을 본 적이 없다. 게다가 이 장면은 우리가 애도하게 될 한 생명, 수지라는 소녀로부터 천천히 조각 조각 떨어져 나가는 생명에 대한 묘사로 가득하다. 수지 새먼이 긴 시간에 걸쳐 살해당하는 장면은 토니 모리슨의 소설 『솔로몬의 노래』에 등장하는 늙은 이발사 호스피털 토미가 "모든 살인은 다 힘들게 마련이야"라고 한 말과 맥락을 같이한다.

"누군가를 죽이는 건 힘들어." 호스피털 토미는 계속 이야기한다. "왜 영화 주인공이 누군가의 목을 조르면 그가 몇 번 켁켁대다 죽어 버리잖아? 자네 그런 건 절대 믿지 말게. 인간의 몸은 강하거든. 죽음의 위협에 맞닥뜨리면 엄청난 힘을 발휘할 수 있어."

수지의 목숨을 끊는 것은 견디기 어려울 정도로 힘든 살인이었다. 수지는 온 힘을 다해 하비에게 저항하지만, 하비는 결국 그녀를 제압한다. 수지는 자신의 죽음이 "사람들이 이런 일은 발생하지 않는다고 믿었던 시절"에 일어난 사건이라고 이야기한다. 수지는 우리에게 다른 사실들도 알려 준다. 그녀는 하비가 가까이 다가오자 공기 중에 퍼졌던 향수 냄새, 지하 토굴에서 나는 흙냄새, "그가 나를 덮쳤을 때 그를 알아보기조차 힘들었던" 으스스한 토굴 속의 불빛에 대해 묘사한다. 수지는 자신이 학교 체스 동아리 회원이었으며, 스페인의 시인 후안 라몬 히메네스의 명언을 좋아해 중학교 졸업앨범에 그의 명언을 넣었다고도 이야기한다. "사람들이 줄 쳐진 종이를 주면 그 종이 뒷면에 글을 쓰세요"라는 히메네스의 명언은 작가들에게 상당히 시사하는 바가 크다. 앨리스 시볼드의 이야기는 줄 쳐진 종이가 아닌, 그 종이 뒷면에 쓰인 이야기이기 때문이다.

수지가 살해당하는 장면은 불편한 느낌이 들게 마련이다. 하지만 천국에 간 수지가 자신의 토막 난 사지를 되찾는 것을 담담하게 묘사하듯, 시볼드가 그녀의 이야기를 풀어나가는 방법은 이것뿐이었음이 분명하다.

"산문 속의 훌륭한 문장은 시 속의 훌륭한 행처럼 무엇과도 바꿀 수 없습니다." 구스타브 플로베르는 그의 연인이자 시인인 루이즈 콜레에게 보낸 편지에서 이렇게 말했다. 이는 소설 속의 중요한 장면에 있어서도 마찬가지다. 중요한 장면은 무엇과도 바꿀 수 없다. 포크너의 표현을 빌리자면, 수지 새먼의 죽음은 이승에 살던 "어떤 소작인"이 가장 잔혹한 방식으로 죽는 장면으로, 그녀의 죽음 뒤에는 무엇과도 바꿀 수 없는 그녀의 기억──그녀의 그림자──이 뒤따른다.

훌륭한 작품을 탄생시키려면 때로는 글로 표현하기 두려운 대상에 대해서도 글을 쓸 수 있어야 한다. 으스스하게 느껴지는 그림자에 대해서도 글로 옮길 수 있어야 한다. 2003년 2월, 앨리스 시볼드는 『보스턴글로브』지의 데이비드 매건 기자에게 이렇게 말했다. "저는 사람들 곁에 항상 함께하는 그림자, 사람들이 상상도 못한 운명을 살아가는 그림자의 존재에 늘 매료되었습니다. 제게 있어 그 그림자는 이승을 떠난 십대 소녀의 모습이었죠."

『러블리 본즈』를 다 읽은 뒤 시볼드의 다른 작품이 궁금해진 나는 그녀가 1999년 발표한 회고록『럭키』로 눈을 돌렸다. 그녀는『럭키』에서 뉴욕 시러큐스 대학생 시절 무자비하게 강간당했던 사건을 감정의 동요 없이 자세하게 회고하고 있다. 『럭키』는『러블리 본즈』만큼이나 대담한 글로, 이는 시볼드가 묘사하는 폭행과 강간사건이 실제 그녀에게 발생했던 일이기에 더욱 그러하다. 강간을 겪은 시볼드는 "운이 좋았다(lucky)"는 말을 듣는다. 그녀가 강간을 당했던 같은 공원, 같은 터널에서 최근 강간과 토막살인 사건이 발생했기 때문이다.

톨스토이의『참회록』이「이반 일리치의 죽음」,『안나 카레니나』및 그의 다른 작품에 드러나는 심리 상태를 보여 주듯, 시볼드의 회고록 역시 그녀의 소설에 흥미로운 시사점을 제시한다. 시볼드는『러블리 본즈』를 집필하던 중, 자기 자신의 경험에 대해 먼저 이야기하지 않고서는 수지 새먼의 이야기를 끝낼 수 없음을 깨달았다고 했다.

그녀는 2002년 7월 미국 공영 라디오(NPR)의 테리 그로스 토크쇼에 출연해 다음과 같이 말했다. "저는『럭키』를 집필하기 위해『러블리 본즈』를 잠시 내려놨어요. 제가 직접 경험했던 모든 이야기를 글로 표현하는 게 무엇보다 중요했죠."

수지 새먼은 그녀의 이야기뿐만 아니라 하비가 성폭행하고 살해한 다른 여자와 소녀들에 대해서도 이야기한다. 수지는 다른 희생자들의 이야기를 통해 왜 그녀가 <u>스스로의</u> 이야기를 털어놓아야 했는지 깨닫는다. "내 이야기를 할 때마다 조금씩 고통이 줄어들었다."

이 문장을 읽던 나는 살면서 처음으로 누군가 나를 죽일 수도 있겠구나 생각했던 과거의 일을 떠올렸다. 그 당시 나는 조지프 삼촌, 드니스 숙모와 아이티에 살고 있었다. 내가 열 살쯤 되었을 무렵, 나보다 연상인 한 소년──드니스 숙모의 대자(代子)이자 조카인 조엘이었다──이 할머니가 돌아가신 뒤 숙모집에 얹혀 살게 되었다. 그가 숙모 집에 머물렀던 몇 주 동안, 그는 늦은 밤이 되면 나와 세 명의 다른 여자아이들이 함께 자는 방 안에 들어와 우리 잠옷 속에 손을 집어넣고 은밀한 부위를 만지곤 했다. 우리가 자는 이층침대 옆에는 이불이 들어 있는 수납장이 있었는데, 그는 이불을 꺼내기 전 우리 몸을 만지고 갔다. 어떤 날은 우리들 중 한두 명만 더듬었고, 또 어떤 날은 우리 네 명을 전부 다 만지기도 했다. 우리는 너무도 무서운 나머지 무슨 일이 있었는지 우리끼리도 이야기하지 않았고, 혹시라도 소리를 지르거나 누군가에게 이야기하면 그가 우리를 죽일까봐 두려워했다.

그가 내 방에 들어오면, 나는 내 몸뚱이가 더 이상 내 것이 아니라고 생각하거나 내가 침대이불이 되어 버렸다고 상상했다. 낮 시간에는 주의를 돌릴 만한 물건을 곁에 두고 밤에 대해 생각하지 않으려고 했다. 나는 치약 상자 위에 그려진 아름다운 흑인 여자들의 그림을 오려내 그 그림을 부적처럼 지니고 다녔다. 나는 그 여자들의 얼굴과 하얗게 빛나는 치아를 보면서 몸뚱이가 없는 이 여자들은 누군가 섬뜩하게 손으로 더듬는 일을 당하지 않을 테니 얼마나 다행스러울까 생각했다. 나는 이 여자들이 늘 웃는 일만 생기고 유린당하는 육체가 없는 상상의 세계로 나를 이끌어 주고 보호해 줄 거라 믿었다.

그러던 어느 날 밤, 나는 치약 상자에 그려진 여자들이 나를 둘러싸고 울고 있는 꿈을 꾸었다. 꿈에서 깬 뒤 베개가 축축하게 젖은 것을 보고 나는 베개를 적신 눈물이 그녀들의 눈물이라는 것을 확신했다. 내가 혹시라도 겁탈을 당하면 나는 그녀들이 내 앞에 나타나 줄 거라 생각했다. 비록 그녀들은 나처럼 아무 소리도 내지 않았지만——조엘은 종종 손으로 내 입을 틀어막았고, 그럴 때마다 나는 이렇게 죽는구나 하는 생각이 들었다——적어도 그녀들이 내 죽음을 지켜봐 줄 거라 생각했다. 나는 그로부터 한참 뒤 어른이 되고 나서 토니 모리슨의 『술라』에 나오는 머리가 떨어져 나간 종이인형 이야기를 읽으며 충격적일 정도로 공감했다. "내가 어렸을 때, 종이인형의 머리가 떨어져나간 적이 있었어. 나는 그 이후 한참이 지나서야 내가 종이인형처럼 목을 구부려도 내 머리가 떨어져나가지 않는다는 걸 알았어."

부모님이 살아 있는 동안에는 그때 이야기를 글로 쓰기가 두려웠다. 나는 혹시라도 내 이야기가 부모님 심기를 불편하게 만들까 두려웠다. 부모님이 아이티를 떠났을 무렵 아이티는 독재자의 지배하에 있었고, 많은 사람들이 독재정권 30년 동안 두려움 속에서 살았다. 여자와 소녀들의 강간 사건은 잊을 만하면 한 번씩 들려왔다. 길거리를 지나는 소녀—그 소녀는 등교하는 길이었을 수도 있다—가 독재자 측근의 마음에 들면, 그가 그녀를 취하는 건 일도 아니었다. 삼촌과 숙모는 내가 길거리에서 험한 꼴을 당하지 않도록 나를 보호했다. 하지만 정작 집 안에서 또 다른 험한 꼴이 일어나고 있다는 것은 전혀 모르고 있었다.

　　조엘은 삼촌 집에 6주 정도 머물렀다. 그는 결국 숙모에 의해 집에서 쫓겨났는데, 나는 그가 쫓겨난 이유가 무엇이었는지 결국 듣지 못했다.

　　내가 그때 사건을 털어놓은 사람은 레지아 고모가 유일했다. 고모가 세상을 떠나기 몇 년 전, 내가 아이티에 갔을 때의 일이다. 고모는 내게 방금 전에 길거리에서 조엘을 마주쳤다고 이야기했다. 그는 마치 살아 있는 시체 같은 몰골을 하고 있었다고 했다. 그가 굶주린 것을 보고 고모는 그에게 음식을 사 먹을 돈을 줬다고 했다.

　　"조엘이라고 혹시 기억하니?" 고모가 내게 물었다.

나는 울음을 터뜨리며 고모에게 이렇게 말했다. 내가 사랑하는 고모가 그런 자에게 측은함을 느끼는 것이 싫다고 말이다.

　나는 레지아 고모가 세상을 떠났다는 소식을 듣고 그 옛날 치약 상자에 그려진 여자들과 머리가 떨어져 나간 종이인형에 대해 생각했다. 그리고 이것이 의미하는 또 다른 죽음—일찍 세상을 떠난 소녀들, 살아남은 소녀들의 순진무구함의 죽음—에 대해 생각했다.

함께 죽는 것

2010년 1월 12일 오후, 나는 두 딸과 함께 마이애미 리틀 아이티에 있는 한 슈퍼마켓에서 장을 보고 있었다. 그때 갑자기 휴대전화가 울리기 시작했다.

"아이티에서 지진이 일어났대." 가족의 전화였다. "규모 7.0의 엄청난 강진이었다더라."

나는 차를 몰고 집으로 돌아가면서 창문 밖을 내다봤다. 하지만 창문 밖에는 알록달록 예쁜 리틀 아이티의 집과 상가건물 뿐이었다. 1월에는 마이애미를 비롯한 많은 지역에 땅거미가

• 출처: As "Lòt Bò Dlo: The Other Side of the Water" in *Haiti After the Earthquake* by Paul Farmer (PublicAffairs, 2011)

As "Flight" in *The New Yorker*, September 2011

As "House of Prayer and Dreams" in *Sojourners*, April 2013

일찍 내려앉는 편이다. 오늘도 마찬가지였다. 하지만 내 마음속에는 시커먼 구름이 이 모든 것을 이미 뒤덮어 버린 상태였다.

안부를 확인해야 할 아이티의 가족과 친구들을 떠올리자 가슴이 벌렁벌렁 뛰기 시작했다. 대부분이 지진의 진원지인 레오간, 카르푸, 수도 포르토프랭스에 살고 있었다. 나는 한 번에 많은 사람의 안부를 확인할 수 있는 방법이 무엇일까 생각했다. 나는 가족 대표에게 연락하는 것이 다른 모든 가족의 안부를 전해들을 수 있는 가장 좋은 방법일 거라 생각했다. 사촌 맥소가 그런 가족 대표 역할을 하는 사람이었다.

당시 62세의 맥소는 여러 번 결혼한 이력이 있었고, 42세부터 15개월까지 다양한 연령대의 자녀가 11명이나 있었다. 그는 활기차고 자유로운 영혼을 지닌 인물로, 2004년에 목사이던 삼촌이 돌아가신 후 삼촌의 농장을 물려받았다. 그는 부인과 5명의 어린 자녀들과 함께 벨 에어라는 언덕 마을에 살았다. 벨 에어는 내가 어린 시절을 보냈던 마을로, 포르토프랭스에서 가장 유명한 성당이 있는 곳이다. 빨간 신호등에 멈춰선 나는 맥소에게 전화를 걸었다. 하지만 전화기 너머에서는 마치 금속관에 공기가 지나가는 듯한 이상한 소리만 들려올 뿐이었다.

집에 도착하자 남편이 이미 텔레비전 앞에 앉아 CNN 뉴스를 보고 있었다. 카르푸를 화살표로 표시한 아이티 지도가 텔레비전 화면에 보였다. 카르푸는 남편의 삼촌 두 명이 살고 있는 곳이었다. 실제 피해 상황을 보여 주는 이미지는 아직 공개되지 않았고, 지진 전문가와 생존자의 인터뷰만이 나오고 있었다. 지진을 목격한 사람들이 참혹한 현장에 대해 묘사했다. 대통령궁과 정부기관 건물이 지진으로 전부 무너져 내렸다고 했다. 마을 전체가 언덕 아래로 떠내려간 곳도 있다고 했다. 교회, 학교, 병원이 허물어지면서 수많은 사람들이 그 밑에 깔리고 사망했다고 했다. 여진이 이어지면서 쓰나미 경보도 내려졌다.

한 생존자는 이렇게 말했다. "지구 표면이 갑자기 바다처럼 출렁이는 느낌이었어요."

남편과 나는 아이티에 사는 친지와 가족에게 전화를 걸었지만 우리 전화를 받는 사람은 아무도 없었다. 그때 내게 전화 한 통이 걸려왔다. 전화를 건 사람은 CNN의 시사 프로그램 「앤더슨 쿠퍼 360°」의 제작자로, 그는 내게 프로그램에 출연해 줄 수 있겠냐고 물었다.

나는 뭐라고 말해야 할지 몰랐다. 내가 그때 느꼈던 감정은 말로 형용하기 어려웠다. 내가 태어났던 나라, 어렸을 때 12년을 살았던 나라, 여전히 많은 가족이 살고 있는 나라가 폐허로 변해 버렸다. 내가 듣기로는 목숨을 건진 사람이 극소수에 불과하다고 했다. 나는 내 가족과 친지들이 어떻게 됐는지 몹시 걱정이 되었다. 나라 하나가 통째로 파괴되고 모든 것이 다 사라졌다는 무기력한 공포감과 깊디깊은 두려움도 몰려왔다.

프로그램 촬영을 기다리며 마이애미 비치에 있는 방송국 스튜디오에 앉아 있던 그때까지도 나는 아이티에서 아무 소식을 듣지 못했다. 나는 앤더슨 쿠퍼가 모니터에서 나를 바라보며 "에드위지 씨도 가족들과 연락을 취하는 중이라고 들었습니다. 혹시 연락이 닿았나요?"라고 말하는 순간 눈물을 흘릴 뻔했다.

"오늘은 아이티 역사에서 아마도 가장 어두운 밤일 것입니다." 나는 앤더슨 쿠퍼와 시청자들에게 이렇게 이야기했다.

내가 집으로 돌아온 후에도 어두운 밤은 계속 이어졌다. 날이 밝자, 지진의 참상을 담은 이미지가 방송에 나오기 시작했다. 사방에 돌무더기가 쌓여 있고, 그 돌무더기 아래로 시체와 살아 있는 사람의 꿈틀대는 사지가 깔려 있는 모습이 보였다. 나는 무너진 집에 깔린 한 소년이 엄마를 향해 팔을 뻗고 있는 영상을 보고 울음을 터뜨렸다. 나는 사촌 맥소와 그의 열 살배기 아들 노지알이 그날 이미 사망했고, 15개월 된 아기를 포함한 그의 세 자녀들이 이틀 동안 잔해 아래 갇혀 있다가 나중에 이웃에 의해 구조되었다는 것을 그때까지 전혀 모르고 있었다.

속절없이 잔해 밑에 깔려 버린 사람들의 모습을 차마 보여주기가 힘들었는지, 텔레비전 뉴스에서는 해외에서 파견된 구호대가 구조 활동을 벌이는 광경을 보여 주었다. 구조 활동 모습은 스토리라인의 발단-전개-위기-절정-결말이 죽음으로 끝나지 않는다는 것을 뜻했다. 가족에게 전해 들은 바에 의하면 당시 수백 명의 사람들이 홀로 또는 여럿이 모여 돌무더기 밑에 깔린 가족과 친지의 곁을 밤새 지키며 그들이 눈앞에 있는데도 손쓸 방법이 없어 그냥 죽어가는 것을 지켜봐야만 했다고 했다. 이런 모습을 텔레비전에서 여과 없이 보여 주기는 아마도 어려웠을 것이다.

지진이 발생한 지 23일 뒤 나는 무라카미 하루키가 2002년에 발표했던 단편소설집 『신의 아이들은 모두 춤춘다』를 챙겨 들고 아이티를 방문했다. 여섯 편의 단편소설을 모은 이 책은 1995년 1월 17일 무려 6천 명 이상의 사망자를 낸 고베 대지진을 모티프로 쓰인 작품이다. 나는 이 책이 출간되자마자 바로 사서 읽었는데, 당시 나는 폭력의 가해자와 피해자가 훗날 그 폭력으로 인해 어떤 후유증을 겪는지에 대해 쓴 『이슬을 깨는 자』라는 연작소설을 집필하고 있었다. 그때는 아이티 지진 이전이었지만, 지진으로 정신적 외상을 입은 소설 주인공의 모습은 내게 교훈과 동시에 안도감을 주었다. 우리의 삶과 공동체를 직접적으로 파괴하는 재난이 닥쳤을 때, 우리는 이에 어떻게 대처해야 하는지 사실 잘 모른다. 침착함을 유지해야 될까? 침착함을 잃어도 될까? 확 미쳐 버려도 좋을까?

하루키의 소설에는 무감각해진 사람부터 마술적 사실주의로 도피하는 사람까지 다양한 반응을 보이는 주인공이 등장한다. (일각에서는 후자를 광기나 슬픔으로 해석하기도 한다.) 여기서 소설의 핵심은 지진이 아니라 지진이 불러일으키는 여진이다. 물리적인 여진이나 지리적인 여진은 물론, 심리적인 여진도 이에 해당한다.

「쿠시로에 내린 UFO」라는 단편을 보면 전자기기 세일즈맨인 고무라의 아내가 지진 이후 남편을 버리고 집을 나간다. 고무라는 이런 현실을 잊어버리기 위해 그의 직장 동료가 정체를 밝히지 않은 소포를 대리 배달해 달라는 부탁을 받고 비행기에 오른다. 그는 비행기에서 이렇게 생각한다.

조간신문은 지진에 대한 기사로 가득했다. 그는 좌석에 앉아 신문을 처음부터 끝까지 다 읽었다. 사망자 수는 계속 늘어나고 있었다. 많은 지역에 여전히 물과 전기가 공급되지 않고 있었고, 수많은 사람들이 터전을 잃었다. 모든 기사마다 새로운 비극을 이야기하고 있었다. 그러나 고무라에게는 이런 디테일한 보도가 이상하게도 깊이가 없는 것으로 비쳐졌다.

시, 수필, 회고록, 이야기, 소설은 숫자와 통계만으로는 채워지지 않는 간극을 메울 수 있다. 삶과 죽음을 소재로 한 잘 쓰인 이야기는 수천 명의 사망자가 발생했다는 단순한 보도 기사보다 읽는 이의 마음을 더 크게 움직일 수 있다.

"재앙만큼 흥미롭지 않은 볼거리는 없다." 알베르 카뮈는 1947년도에 발표한 그의 소설 『페스트』에서 이렇게 이야기했다. "끔찍한 불행은 오히려 단조로운 것이다." 그는 이렇게 덧붙였다. 그렇다면 어떻게 해야 오버하지 않고, 독선적이지 않고, 자기연민에 빠지지 않고, 지나치게 과장하지 않고, 감상적이지 않게 (또는 이 모든 것을 종합하지 않고서) 불행을 글로 표현할 수 있을까? 크리스토퍼 히친스의 비결은 바로 유머였다. 헤밍웨이처럼 "빙산"의 일각만 보여 주는 방법도 있다. 물론 마음속에 있는 생각을 몽땅 다 글에 토해내는 방법도 있다. 어쨌든 죽음이란 삶의 과정에서 가장 극적인 사건 가운데 하나이자, 현존하는 말과 행동을 능가하는 일이기 때문이다.

나는 죽음에 대해 글을 쓸 때 죽음이란 평범하고 심지어 일상적인 일이라는 사실을 염두에 둔다. 내가 아는 사람이나 아끼는 사람은 아니지만 세상 어디에선가 늘 누군가는 죽음을 맞고 있다. 나는 내게는 지독하리만큼 슬프고 힘든 죽음이라도 다른 사람들은 그 죽음에 별 영향을 받지 않는다는 사실을 인정한다. 죽음에 대한 이야기가 언제나 타인의 공감을 얻을 수 있는 것은 아니며, 이는 과장한다고 되는 일도 아니다. 나는 브렌다 유랜드가 『글을 쓰고 싶다면』에서 언급한 "미세한 진실"을 고수하려 하는 편이다. 그녀는 이렇게 말했다. "당신이 보편적인 것을 묘사하길 원할수록, 구체적인 것을 더욱 자세하고 더욱 진실하게 묘사해야 한다."

어떤 글 안에 죽음과 죽음의 여파가 자세하게 묘사되어 있을수록 나는 그 죽음에 더 쉽게 공감하게 된다. 죽음을 맞이하는 주인공에 대해 더 많이 알게 될수록 내가 그의 죽음을 슬퍼하게 될 가능성도 높다.

다시 하루키 소설로 돌아가면, 주인공 고무라가 읽는 신문에 깊이가 없는 것은 바로 이 "구체적인 것"이 빠져 있기 때문이다. 그의 또 다른 단편 「다리미가 있는 풍경」에서는 친구이자 잠재적인 연인인 준코와 미야케가 이런 구체적인 것에 대해 다음과 같은 대화를 나눈다.

"내가 어떤 식으로 죽으면 좋을까 하는 건 아직 생각해 본 적도 없어요." 그녀[준코]는 말했다. "그런 건 미리 생각할 수가 없죠. 어떻게 살아야 할지도 아직 모르겠는걸요."
미야케는 고개를 끄덕였다. "무슨 말인지 알아. 하지만 죽는 방식을 생각하면 역으로 사는 방식을 깨닫게 될 수도 있을 거야."

준코는 이후 미야케 씨와 함께 살 수는 없지만, 그와 같이 죽는 것은 아무래도 좋다고 생각한다. 결국 하루키의 소설에 등장하는 모든 주인공들은——아이티에서 지진을 겪은 내 친지들과 마찬가지로—— 죽음이 언제 어떻게 그들을 찾아올지 모른다는 경각심을 가지고 살아가게 된다. 이러한 깨달음은 비록 일시적으로라도 매 시간과 매일을 중요하게 생각하고 이에 집중하는 결과를 가져온다.

나는 아이티에 머무르는 동안 카르푸에 있는 남편의 삼촌들 집에서 지내며 밤이 되면 집 지붕 위에서 잠을 청했다. 시멘트로 지어진 2층 집은 지진에도 무너지지 않고 멀쩡하게 남아 있었다. 하지만 나는 더 큰 지진이 발생해서 우리가 그 집에 깔릴 수도 있다는 생각에 집 안에서 잠을 청하기가 두려웠다. 결국 나는 지붕 위에 침낭을 깔고 그 안에 들어가 밤하늘에 뜬 별을 바라보며 잠에 들었고, 그곳 이웃들도 마찬가지로 지붕 위나 길거리에서 잠을 청하곤 했다. 그들 역시 무너져 버린 집 안에서 잠들기가 무서웠던 거였다.

"지진이란 참 이상하고 신비한 거예요." 「태국에서 일어난 일」의 등장인물인 여행 가이드 니밋은 이렇게 말한다. "우리는 우리가 딛고 있는 이 땅이 단단하고 움직이지 않는 거라고 당연하게 생각하지요. '땅에 발을 붙인다'는 표현도 있잖아요. 그런데 어느 날 갑자기 그렇지 않다는 걸 알게 돼요. 단단해야 될 땅이나 바위가 어느 순간 마치 액체처럼 물컹이잖아요."

액체처럼 물컹이는 땅은 그곳에 사는 우리도 액체, 수증기 같은 존재로 만들어 버린다. 우리는 지진, 역병, 전염병, 쓰나미,

테러, 대량 학살 같은 인간이 만든 재해나 자연재해로 인해 사람들이 떼죽음 당하는 것을 보며 우리도 지금은 이렇게 살고 있지만 언제 갑자기 사라질지 모른다는 사실을 깨닫게 된다.

"사는 것과 죽는 것은 어떤 의미에선 똑같은 일이에요." 「태국에서 일어난 일」의 사쓰키는 니밋의 말을 곱씹는다.

책의 마지막 단편 「벌꿀 파이」에 나오는 신문기자 다카쓰키는 더 이상 시체를 보고도 아무런 반응을 하지 않는다.

"이젠 시체를 봐도 아무 느낌이 없어." 그는 이렇게 말했다. 그는 기차가 짓밟고 가 분리되어 버린 시체, 화재로 인해 불에 시커멓게 타 버린 시체, 썩어 변색된 오래된 시체, 물에 불어 부풀어 오른 시체, 공기총에 맞아 뇌가 날아가 버린 시체, 톱에 머리와 두 팔이 잘려 나간 토막 시체를 보았었다.

"살아 있을 때는 다들 다른 모습이지만, 죽으면 모두 다 똑같아. 잘 쓰고 버려진 육체의 껍질일 뿐이더라고." 그는 이렇게 말했다.

비록 (번역된) 언어는 짧고 간결하지만, 하루키 소설의 등장인물들은 그저 잘 쓰고 버려진 육체의 껍질이 아니다. 하루키는 소설의 이야기를 전개하면서 등장인물의 심오한 특성을 —— 특성이 반드시 장점이 아닐 때도 있다 —— 하나하나 "드러낸다". 그는 갑자기 실종된 사람이나 죽은 사람에게 후광을 드리우지 않는다. 누군가 죽었다고 해서 사랑하는 사람들의 기억 속에 그가 그저 좋게만, 또는 착하게만 그려지지도 않는다. 가브리엘 가르시아 마르케스는 『백년의 고독』에서 이렇게 말했다. "이 세상에서 가장 훌륭한 친구는 방금 전에 죽은 그 친구야." 하지만 하루키의 등장인물은 죽었다고 해서 갑자기 성인으로 추앙받거나 누군가의 가장 훌륭한 친구가 되지 않는다. 그럼에도 불구하고, 「벌꿀 파이」에 등장하는 소설가이자 하루키의 페르소나로 추정되는 쥰페이는 지진을 겪은 뒤 "꿈꾸는 사람, 이 밤이 지나가길 기다리는 사람"에 대해 소설을 쓰고 싶다고 생각한다.

『신의 아이들은 모두 춤춘다』를 발표한 지 2년 뒤, 하루키는 1995년 3월 20일 12명의 사망자와 5천 명의 부상자를 낸 도쿄 지하철역 사린가스 살포 사건을 기록한 르포르타주를 출간했다. 해당 사건은 일본의 사이비 종교인 옴진리교의 소행이었다. 하루키는 생존자와 목격자를 직접 인터뷰한 내용을 『언더그라운드』라는 책으로 엮었다.

"나는 사고를 당한 사람을 얼굴 없는 여러 피해자 가운데 하나에 그치게 하고 싶지 않았다. 아마도 작가의 직업병 같은 건지 모르겠지만 나는 '커다란 그림' 같은 정보에 대해서는 별 흥미를 느끼지 못한다. 나는 개개인의 구체적이고 요약할 수 없는 그들의 인간성에 대해서만 흥미를 느낀다. …나는… 그날 아침 지하철을 타고 있던 개개인에게 개성적인 얼굴이 있고, 삶이 있고, 가족이 있고, 희망이 있고, 두려움이 있고, 모순과 딜레마가 있고, 그것들을 종합한 이야기가 있음을 그려 내고 싶었다."

하루키는 이렇게 지진과 사린가스 테러라는 재해 속에서도 그만의 미세한 진실을 찾아냈다.

포르토프랭스에서 지진이 발생한 지 거의 2년이 지났을 무렵, 내 사촌 몇 명이 맥소가 교장으로 있었던 학교 건물의 잔해를 치우던 중 돌무더기 속에서 사람 뼈를 발견했다. 하지만 그들이 과학자도 아니었을뿐더러 아이티 당국에서 사람 뼈에 아무런 관심을 보이지 않았기에, 그 뼈가 누구의 것인지 알아낼 방법이 없었다. 한때는 말하고, 웃고, 사랑하며 활발하게 살았을 그 뼈의 주인을 찾을 묘안이 없었다. 가르시아 마르케스의 소설에서는 마콘도라는 마을이 처음 세워졌을 때 그곳에 묘지가 없기 때문에 사람들이 뼈를 자루에 담아 보관한다. 반면, 내 사촌들은 잔해 속에서 발견한 뼈를 가족묘에 묻혀 있는 맥소의 유해 옆에 묻어 주기로 결정했다.

그들은 그 뼈가 누구 것인지 궁금해했다. 교실에서 늘 일등만 하던 똑똑한 학생의 뼈일까? 선생님과의 약속 때문에 학교를 방문했던 부모의 뼈일까? 아니면 학교 선생님의 뼈일까?

사촌과 친구들이 그 잔해 속에서 사람 뼈를 발견했던 때는 마침 2001년에 발생했던 9·11 테러의 10주년 추모 행사 즈음이었다. 나는 사촌들과 뼈에 대해 이야기하면서 9·11 테러 당시 건물에서 몸을 던졌던 사람들이 자꾸만 떠올랐다. 아비규환으로 변한 월드 트레이드 센터에서 마치 용수철에 튕겨져 나가듯 파란 하늘을 가로지르며 땅바닥을 향해 곤두박질치던 사람들의 모습이 좀처럼 뇌리에서 떠나지 않았다. 혼자 뛰어내린 사람도, 여럿이 함께 뛰어내린 사람도 있었다. 커튼이나 옷가지를 낙하산처럼 들고 뛰어내린 사람도 있었다. 핸드백을 들고 뛰어내린 여자도 있었는데, 아마도 핸드백이 신원 확인에 도움이 될 거라 생각했던 모양이다.

많은 사람들이 한꺼번에 죽는 모습은 (특히 텔레비전에서 보여 주는 모습은) 가장 사적인 순간이어야 할 죽음을 전 국가와 전 세계가 지켜보는 공공연한 일로 만들어 버린다. 특히 9·11 테러 당시 "투신자(jumpers)"로 알려진 사람들의 죽음이야말로 공공연한 죽음의 대표적 사례다. 사실 이들을 "투신자"라고 부르는 것도 다소 어폐가 있는데, 이는 이 사람들이 스스로 목숨을 끊기 위해 자발적으로 투신한 것이 절대 아니기 때문이다.

사람들은 타인의 비극을 서로 비교하지 말라고 하지만, 같은 몸과 마음을 지닌 한 사람이 여러 비극을 경험하는데 어떻게 그를 비교하지 않을 수가 있을까? 과거에 경험했던 비극은 새로운 비극을 정의할 수 있는 언어를, 또는 새로운 언어를 창조할 수 있는 기반을 제시한다. 다수가 느낀 두려움은 개개인의 두려움이 된다. 9·11 테러 당시 현장에서든 텔레비전 화면에서든 투신자를 본 사람들은 하늘에서 생명이 후드득 떨어져 내리는 것을 보았다. 자신의 조국이 어떤 방식으로든 풍비박산 날 뻔했던 것을 목격한 사람들은 비슷한 처지의 친구에게 조언을 해줄 수는 있지만, 이는 극히 미미한 도움일 뿐이다. 우리가 아무리 다른 사람들과 슬픔을 함께 나눈다 해도, 개인적인 비극은 여전히 우리 마음 안에 남아 있기 때문이다.

공공연한 재난과 그 재난으로 죽은 이들에게 집단적으로 애도를 표하는 모습을 보면 사실 추모라는 행위가 예술작품처럼 우리의 평범한 일상 속에——비록 단절된 것일지라도——있을 수 있다는 생각이 든다. 빈자리에 테이블 세팅을 한다거나, 발에 꼭 맞지 않는 조금 큰 구두를 신는다거나, 눈물로 얼룩진 일기장에 아직 수습하지 못한 유골에 대해 몇 마디 끄적이는 행위들처럼 말이다.

앞으로 9·11 테러를 주제로 한 훌륭한 소설이 나올 것인지에 대해 논의가 분분하다. 어떤 이들은 테러 발생 이전에 쓰였거나 소재가 단편적이긴 해도 9·11 테러를 이야기할 수 있는 소설이 이미 존재한다고 주장한다. 하루키의 『신의 아이들은 모두 춤춘다』역시 9·11 테러 이전에 여러 잡지와 저널에서 발표된 단편소설이지만, 소설 속 등장인물이 경험하는 혼란의 감정은 9·11 테러 생존자들의 증언과 유사한 면이 있다.

1927년에 발표된 손턴 와일더의 소설 『산 루이스 레이의 다리』는 9·11 테러는 물론, 다른 모든 재난에도 적용할 수 있는 작품으로 손꼽힌다. 18세기 페루를 배경으로 한 이 소설은 다리 붕괴 사고로 인해 사망한 다섯 명의 지난 삶을 조명한다.

"왜 이런 사고가 하필 저 다섯 사람에게 일어났을까?" 프란체스코회 선교사인 주니퍼 수사는 이러한 궁금증을 갖고 사건의 전말을 밝히고자 한다. 그가 수사를 진행하는 방식은 작가들이 죽음에 대해 끈질기게 탐구하는 방식과 매우 흡사하다. 보다 현실적인 수사관이라면 다리의 안전 상태를 점검했을 수도 있다. 하지만 주니퍼 수사는 다리에서 추락한 사람들의 삶을 되짚어 본다. 왜 하필 그 사람들이었을까? 그들은 살아생전에 어떤 종류의 삶을 살았으며, 살았을 때와 죽었을 때 사회 공동체에 각각 어떻게 연결되어 있을까? 또 그들 사이에는 서로 어떤 연관이 있을까?

"우리는 우연히 태어나 우연히 죽는 것일까? 아니면 정해진 섭리에 의해 태어나고 죽는 것일까?" 주니퍼 수사는 조사에 착수하기에 앞서 이렇게 생각한다.

1928년 3월 6일, 손턴 와일더는 자신의 소설을 주제로 논문을 준비하는 제자에게 다음과 같이 이야기했다. "내 책은 수수께끼같이 재미있으면서도 비참할 것이네. 마치 자네 친구 다섯 명이 자동차 사고로 죽었다는 소식을 듣는 것처럼 말일세."

이후, 그는 같은 제자에게 또 편지를 보내 이렇게 말했다.

논문 마지막 부분에 아래의 문단을 더해 보게.
"손턴 와일더의 책은 질문의 형태를 취하고 있다. 이는 우리가 신문에 나는 사건사고 기사를 읽으면서 일 년에도 여러 번 생각해 보는 질문이다. 사고로 죽은 자의 친구와 가족은 종종 이렇게 자문해 봤을 것이다. 특정한 사람이 특정한 순간에 죽었어야만 하는 어떤 의도나 의미, 이유가 과연 있었을까?"

많은 문학작품들이 작가 자신이 답을 구하고자 하는 질문(들)을 중심으로 전개된다. 내가 쓴 회고록 『형제여, 난 죽어가네』도 마찬가지다. 내 아버지와 삼촌은 지난 30년 동안 한 사람은 뉴욕에, 또 다른 사람은 포르토프랭스에 살았는데, 나는 그렇게 멀리 떨어져 지냈던 두 형제가 같은 시기에 죽음을 맞이하는 것이 과연 어떤 느낌인지 알고 싶었다. 당시 아버지는 폐섬유증으로 투병 중이었고, 삼촌은 81세의 나이로 아이티에서 도망쳐 미국으로 망명했다가 미국 국토안보부에 감금되어 살아가고 있었다.

　나는 질문에 대한 답을 찾기 위해 현재와 과거의 수많은 자료를 분석하고 가족, 친지들과 대화를 나눴다. 뿐만 아니라, 이민자 보호 단체인 '이민자들의 정의를 위한 미국'의 도움을 받아 미국 정부로부터 삼촌의 구금을 해제하고 압수해 간 의료 기록을 돌려줄 것을 요구하는 소송을 진행하기도 했다. 죽음이 가까이 다가왔을 무렵 아버지와 삼촌이 각자 어떤 마음이었을지 내가 100% 이해했다고 말할 수는 없지만, 나는 두 사람의 삶과 죽음에 대해 가능한 한 많이 이해함으로써 그 마음을 최대한 가까이 느껴 보고자 했다. 나는 아버지와 삼촌이 직접 회고록을 쓰지 못하니 내가 대신 이 책을 집필하는 거라고 스스로에게 상기시켰다.

　『산 루이스 레이의 다리』에 등장하는 여러 주인공들은 극작가, 서기, 서간 문학 작가, 문학도 등 글쓰기 관련 직업을 갖고 있다. 아마도 와일더는 작가란 존재가 종종 불가사의한 질문에 답을 제시할 수 있는 사람이라 생각했던 게 아니었나 싶다.

　9·11 테러가 발생한 지 몇 주 뒤, 토니 모리슨은 『베니티 페어』에 기고한 한 수필에서 테러로 세상을 떠난 사람들에게 직접 이야기를 건네고 싶다고 말했다. 모리슨의 이야기는 그 당시 많은 사람들의 공감을 얻었다.

피가 가득한 입으로 상처 입은 자, 세상을 떠난 자를 이야기하기란 너무도 어렵습니다. …… 나는 9월의 망자인 당신들을 이야기하기 위해 거짓으로 친밀감을 드러내거나, 카메라에 비춰지기 위한 과장된 감정을 표하지 않을 것입니다. 나는 한결같이, 그리고 또 분명하게, 당신들에게 아무런 말도 할 수 없음을 압니다. 그 어떤 말도 당신들을 짓눌렀던 강철보다 강하지 아니합니다. 그 어떤 성경 말씀도 당신들이 화해버린 태곳적 원자보다 오래 되거나 품격 있지 아니합니다.

9·11 테러 10주년 추모 행사가 뉴욕에서 개최됐을 때, 2001년 테러 당시 영국 총리였던 토니 블레어는 행사에 참석해『산 루이스 레이의 다리』에 나오는 마지막 문장을 읽었다. "산 자를 위한 땅이 있고 죽은 자를 위한 땅이 있으며, 그 땅을 연결하는 다리가 바로 사랑이다. 그 사랑이란 바로 유일한 생존자이자 유일한 의미이다."

우리는 종종 누군가 세상을 떠나고 나서야 이런 "다리"를 찾곤 한다. 그래서 또 다른 작가는 우리가 아직 살아 있을 때 다른 사람들과 연결되어야 한다고 말한다. 치트라 디바카루니의 2010년도 소설『마지막 고백』은 샌프란시스코를 연상시키는 한 미국 도시를 배경으로 지진이 발생하자 인도 영사관 지하에 갇혀 버린 아홉 명의 이야기를 전한다. 그 아홉 명은 영사관 직원 두 명, 관계가 소원해진 부부 한 쌍, 지진이 발생하자 팔 걷고 나선 군인 출신의 아프리칸 미국인, 나이든 중국인 할머니와 손녀, 9·11 테러 이후 사람들이 이슬람을 바라보는 시선에 분노하는 무슬림 청년, 지진이 발생했을 때 『캔터베리 이야기』를 읽고 있었던 여대생이다.

"조금 전까지만 해도 죽음은 머나먼 지평선에 너머에 있는 구름이었다. …… 그런데 그 구름이 모든 가능성을 밀어내고 머리 바로 위로 다가왔다." 디바카루니는 이렇게 묘사한다. 상황이 점점 심각해지자, 여대생은 다른 사람들에게 그들이 살면서 경험했던 중요한 이야기, 각자 살아오면서 겪은 "놀라운 사건 이야기"를 하나씩 해보자고 제의한다.

위험이 점점 커져만 가는 좁은 공간에 갇힌 아홉 명의 사람들은 자기 자신의 이야기를 털어놓으면서 하루키가 이야기한 "얼굴 없는 많은 피해자"에 그치지 않고 말리티, 망갈람, 프리쳇 부부, 캐머런, 지앙, 릴리, 타리크, 우마라는 개개인으로 거듭난다. 그들 모두에게는 개성적인 얼굴이 있고, 삶이 있고, 가족이 있고, 희망이 있고, 두려움이 있고, 모순과 딜레마가 있다. 또 그들에게는 각자의 이야기가 있고, 지진이라는 큰 이야기 속에서 그들이 차지하는 위치가 있다.

"누구에게나 이야기는 있어요." 여대생 우마는 그들에게 이렇게 말한다. 그녀의 말은 존 디디온의 수필 『화이트 앨범』에 나오는 명언, 즉 우리가 스스로에게—그리고 서로에게—이야기를 하는 이유는 살기 위해서라는 말을 연상시킨다. 디바카루니는 이야기란 "때로는 이야기를 하는 사람보다 더 위대"하다고 했다. 우리가 세상을 떠난 뒤에도 우리의 이야기가 오래 남을 수 있는 것이 바로 이 때문인지도 모른다.

중국인 할머니 지앙은 가장 먼저 이야기를 자원하는데, 그때까지만 해도 사람들은 할머니가 영어를 하는 줄도 몰랐다. 지앙은 손녀 릴리가 어렸을 때 지상에서 죽은 영혼들이 가끔 살아 있는 사람들에게 경고하기 위해 그들을 찾아온다는 이야기를 들려줬었노라고 이야기한다.

그러자 릴리는 이렇게 대답한다. "이번 지진으로 수많은 사람들이 죽었을 거예요. 혹시 그 영혼들이 우리를 구해 주러 올까요?"

비록 영혼과 이야기가 우리를 구해 줄 수 없을지 몰라도, 우리는 이 두 가지를 찾는 일을 절대 멈추지 않는다. 군인 출신의 캐머런은 톨스토이가 『참회록』에서 제기했던 "과연 내 삶에 나를 기다리고 있는 불가피한 죽음으로 인해 파괴되지 않을 만한 의미는 무엇일까?"라는 질문에 그 나름의 답을 찾는다.

"역사를 찾아 전 세계를 여행하는 인간들은 참 어리석구나." 캐머런은 이렇게 생각한다. "내 어깨뼈 아래, 그리고 내 머리 위에 가장 오래된 역사인 땅과 하늘이 있었다." 그러나 우리는 땅과 하늘 둘 다 우리가 생각하는 것만큼 확고하고 안정적이지 않다는 것을 알고 있다. 수지 새먼이 아니고서야 하늘 위 구름에 발을 디딜 수는 없는 노릇이고, 때로는 대지에도 발을 디딜 수 없는 경우가 있기 때문이다.

돈 드릴로의 1992년도 소설 『마오 II』에 등장하는 주인공 빌 그레이는 대형 사건사고가 난무하는 현대사회에서 소설가로서 겪는 어려움에 대해 이야기한다. 드릴로는 9·11 테러를 주제로 제목부터 "투신자"를 연상시키는 소설 『추락하는 남자』를 집필하기도 했는데, 이 책보다는 『마오 II』가 재난과 재난에 대한 사람들의 시각을 좀더 폭넓게 이야기하고 있다.

어떤 재난을 주제로 한 소설의 문제점은 바로 그 소설이 실제 뉴스, 기사, 사진, 동영상 그리고 최근에는 휴대전화 영상 같은 매체보다 영향력이 떨어지거나 아예 영향력을 발휘하지 못할 수도 있다는 사실이다.

"아주 옛날 나는 소설가가 문화의 내적 삶을 바꿀 수 있다고 생각했습니다." 빌 그레이는 이렇게 말한다. "이젠 폭탄 제조자들과 총잡이들이 그 영토를 빼앗아 가버렸지요." 그럼에도 불구하고, 그는 스스로를 "문장을 만드는 사람"이라 간주하며 이렇게 인정한다. "잘 쓰인 문장 하나에는 도덕적 힘이 있어요. 그 문장은 작가의 삶의 의지를 말해 주거든요."

나는 이 말에 동의한다. 우리는 정확하고, 구체적이고, 명확하고(또는 명확함 대신 애매모호함, 불분명함, 미스터리함 때문이기도 하다), 리드미컬하고, 서정적이고 때로는 충격적인 문장을 읽었을 때 심장이 멎을 만큼, 숨이 멎을 만큼, 또 형용하기 어려운 감정을 느끼곤 하는데, 이는 아무리 세심하게 고르고 고른 이미지도 잘 전달하기 어려운 부분이다. 내가 이 책에서 언급하는 작가들은 뛰어난 '문장을 만드는 사람'들이다. 작가들이 소설의 첫 문장에 엄청난 공을 들인다는 점을 고려하여, 내가 지금까지 언급했던 작품의 첫 문장들이 얼마나 매력적인지 함께 살펴보자.

크리스토퍼 히친스, 『신 없이 어떻게 죽을 것인가』

내 평생 자다가 죽을 것 같은 기분으로 눈을 뜬 적이 한두 번이 아니었다. 하지만 마치 내 몸이 시체에 묶여 있는 것 같은 기분으로 의식을 되찾은 6월의 어느 날 아침은 그런 것들과 비교가 되지 않았다.

토니 모리슨, 『솔로몬의 노래』

노스캐롤라이나 상호 생명보험사 직원은 정각 세 시 머시를 떠나 슈피리어 호 반대편으로 날아가겠다고 약속했다. 사건 발발 이틀 전, 그는 노랗고 작은 자기 집 대문에 이런 쪽지 하나를 붙여놓았다.

1931년 2월 18일 수요일 오후 세 시, 저는 머시를 떠나 제 두 날개로 저 멀리 날아갈 것입니다. 제발 저를 용서해 주세요. 여러분을 사랑했어요.

손턴 와일더, 『산 루이스 레이의 다리』
1714년 7월 20일 금요일 정오, 페루에서 가장 아름다운 다리가 무너져 여행객 다섯 명이 다리 아래 깊은 골짜기로 추락했다. 리마와 쿠스코를 연결하는 큰길에 있는 이 다리는 매일 수백 명의 사람이 지나다니곤 했다.

치트라 디바카루니, 『마지막 고백』
처음 굉음이 들렸을 때만 해도 인도 영사관 지하의 비자 사무실에 있던 사람 가운데 어느 누구도 신경을 쓰지 않았다. 장거리 여행을 준비하는 사람이라면 누구나 그렇듯이 각자 후회와 희망과 불안감에 휩싸여 그저 지나가는 케이블카가 내는 소리려니 생각했다.

소설의 첫 문장은 우리를 일상의 삶에서 끄집어내 다른 사람들의 삶으로 밀어 넣는다. 또 앞으로 발생하게 될 사건의 배경을 조심스럽게 제시하고, 소설의 작가나 등장인물을 소개시켜 주며, 독자들이 앞으로 그 소설을 계속 읽을 것인지 덮어둘 것인지 결정하도록 만든다. 많은 작가들은 소설의 첫 문장을 닻, 갈고리, 악수, 포옹, 작업 멘트, 약속에 비유했다. 공상과학 소설가 윌리엄 깁슨은 『아틀란틱』지의 조 파슬러에게 첫 문장이란 "아직 만들어지지 않은 문에 달아둘 만들어지지 않은 자물쇠에 사용할 열쇠를 만들려고 금속판을 줄질하는 작업"과도 같다고 말했다.

"제가 왜 소설을 믿는지 아세요?" 빌 그레이는 이렇게 묻는다. "소설이란 민주적 함성이기 때문이죠. 길거리에 있는 아마추어라도 누구나 위대한 소설 하나쯤은 쓸 수 있어요. …… 이름 없는 막노동꾼이나 꿈도 하나 없는 무법자라도 책상에 앉아 자기 목소리를 찾을 수가 있거든요. 운이 좋으면 소설을 쓸 수도 있는 거고요."

나는 어떤 특정한 사건이나 주제, 재난에 대해 하나의 권위 있는 목소리만 존재하는 대신 다양한 목소리가 존재하길 희망한다. 나는 돈 드릴로의 빌 그레이, 무라카미 하루키, 손턴 와일더, 치트라 디바카루니 같은 많은 작가를 나의 동행삼아, 재난으로 파괴된 세상에 대해 나만의 이야기를 쓰고자 한다. 물론 이러한 작품은 앞으로도 계속 나올 것이며, 작가들은 죽음을 주제로 펜을 놓지 않을 것이다. 혼자서든 함께든 세상을 떠나는 사람은 계속 생기고, 죽음이 어디선가 매일 발생한다고는 하나 막상 우리 가까이에서 발생하면 늘 허를 찔리기 때문이다. 우리는 죽음이 우리 삶에 얼마나 큰 영향을 미치는지 늘 놀라워하게 된 것이다.

2012년 12월 17일, 아이티에서 지진이 일어난 지 약 3년 뒤 나는 마이애미에서 성당 공모전 작품을 검토하고 있었는데, 그 시간에 누군가는 장례를 치르고 있었다. 그날은 포르토프랭스의 명물 노트르담 대성당 재건을 위한 건축 공모전 심사 첫날이었다. 노트르담 대성당은 포르토프랭스에서 가장 중요한 건축물로 2010년 1월 12일 지진으로 파괴되기 전 시내 대부분에서는 물론 바다에서도 성당 탑이 한눈에 다 보일 정도였다. 성당 북쪽 탑의 둥근 돔에서 비춰지는 빛은 뱃사람들의 배를 항구로 인도하는 역할을 했다.

아이티 지진으로 인해 포르토프랭스 대주교와 여러 수녀, 사제, 교구 주민들이 사망했다. 나는 건축 전공자도, 천주교 신자도 아니었지만 개인적으로 성당 건물을 무척 좋아했기에 다른 건축가, 엔지니어, 사제들과 함께 건축 공모전 심사위원 자격으로 총 134개의 출품작 가운데 세 개를 선택하기로 했다.

나는 노트르담 대성당과 멀지 않은 곳에서 자랐다. 내가 태어나서 열두 살 때까지 살았던 곳은 가난하지만 활기찬 동네로 일부 구역은 성당과 맞닿아 있었다. 어렸을 적, 성당에서 울려 퍼지는 종소리는 기쁜 날이나 슬픈 날이나 내 하루 일과의 기준이 되었다. 내가 다녔던 초등학교에서는 학생들의 개인적인 믿음과 상관없이 매주 금요일이 되면 전교생이 성당 미사에 참석했다.

마이애미에서 건축 공모전 심사가 열리기 3일 전, 코네티컷 주 뉴타운에 있는 한 학교에서 총기 난사사고가 발생해 어린이 20명과 성인 6명이 목숨을 잃었다. 총기 난사범은 사고 당일 오전 자기 어머니를 살해하고, 학교에서 사람들에게 총을 갈긴 뒤 경찰이 추격하자 스스로 목숨을 끊었다. 바로 그 공모전 심사 첫날, 내 큰딸과 동갑이었던 어린이 희생자 두 명의 장례식이 치러지고 있었다.

나는 미래의 노트르담 성당이 될 공모전 작품을 하나하나 살펴보면서, 어렸을 때 노트르담 성당에 갔었을 때 미사 시간에 들었던 성서 낭독 내용을 떠올렸다. 예언자 에제키엘의 이야기로, 그는 들 한가운데서 말라 있는 뼈를 많이 보았다. 하늘에서 들려오는 목소리가 그에게 말했다. "너 사람아, 이 뼈들이 살아날 것 같으냐?" 곧 뼈들이 움직이며 서로 붙는 요란한 소리가 나더니, "뼈들에게 힘줄이 이어졌고 살이 붙었으며 가죽이 씌워졌다. …… 숨이 불어왔다. …… 모두들 살아나 제 발로 일어서서 굉장히 큰 무리를 이루었다."

에제키엘 이야기와 내 사촌들이 잔해 속에서 뼈를 발견한 사건은 가브리엘 가르시아 마르케스의 중요한 저작 『백년의 고독』에 나오는 한 장면을 연상시킨다. 바로 흙을 먹는 고아소녀 레베카가 부모의 뼈가 담겨져 딸가닥딸가닥 소리를 내는, 천막용 천으로 만든 자루를 들고 마콘도에 있는 부엔디아 집에 도착하는 장면이다. 우리는 레베카의 부모가 누구인지 끝까지 알아내지 못한다. 우리가 아는 것은 그 뼈가 레베카 부모의 것이며, 뼈를 매장할 장소를 찾을 때까지 그녀가 뼈를 들고 다닌다는 사실뿐이다.

가르시아 마르케스는 『백년의 고독』에서 죽음을 새롭게 바라보고 있다. 그가 만들어 낸 세상은 "창조된 지 얼마 되지 않아 많은 것들이 아직 이름조차 지니지 않은" 모습이다. 마콘도가 생긴 지 얼마 안 됐을 때 그곳에는 묘지도 없었다. 마콘도에 처음 정착한 사람들은 성경에 등장하는 타락하기 전의 아담과 이브를 연상시킨다. 그러나 아담과 이브와 다른 점이 있다면, 이들은 마콘도라는 낙원에서 죽음을 경험하기 전부터 죽음에 대해 충분히 알고 있었다는 사실이다.

집시 예언자 멜키아데스는 마콘도에서 가장 먼저 죽은 인물인데, 그는 죽은 지 얼마 안 돼 부활해 돌아옴으로써 마을 사람들에게 영생이란 개념을 심어 준다.

"그[멜키아데스]는 진짜 죽은 사람이었지만 외로움을 참을 수 없어 돌아온 것이다." 가르시아 마르케스는 이렇게 묘사했다. 『백년의 고독』에서 그려지는 죽음은 죽은 자가 이승으로 돌아가길 열망할 정도로 지독하게 외로운 것이다. 그러나 죽음은 동시에 극적이고, 신비스럽고, 거대하고, 재빠르고, 종국에는 풍요로운 것으로 그려진다.

번역은 번역가의 작업이자 동시에 작가의 작업이기도 하다. 가브리엘 가르시아 마르케스는 그레고리 라바사가 번역한 『백년의 고독』 영역본을 자신이 쓴 스페인어 원본보다 더 좋아했다는 일화가 있다(이 일화는 다소 과장되게 전해지기도 한다). 『백년의 고독』은 첫 문장——문학사상 가장 유명한 것으로 손꼽히는 첫 문장——부터 아우렐리아노 부엔디아 대령이 현재와 과거, 기억과 현실, 삶과 죽음을 오가는 모습을 보여 준다.

많은 세월이 지난 뒤, 총살형 집행 대원들 앞에 선 아우렐리아노 부엔디아 대령은 아버지에게 이끌려 얼음 구경을 갔던 먼 옛날 오후를 떠올려야 했다.

윌리엄 깁슨의 은유에 따르면 이 첫 문장은 독자를 가르시아 마르케스의 소설 세계로 이끄는, 아직 만들어지지 않은 문을 여는 역할을 한다. 비록 그 문은 만들어지지 않아도, 문 뒤에는 이미 모든 것이 존재한다. 책은 이제 그 모든 것을 독자들에게 보여 주기만 하면 된다.

『백년의 고독』에는 시적인 내러티브가 주는 친숙한 분위기를 포함해 수없이 새로운 장면이 등장한다. 그런데 그 의미심장하고 아름다운 장면 중에 일부는 죽음과 관련되어 있다. 가령 아우렐리아노 부엔디아 대령은 총살 집행을 당할 처지에 놓였다가 결국 집행이 이루어지지 않아 목숨을 건지는데, 이런 그는 "인간은 죽어야 할 때 죽는 게 아니라 죽을 수 있을 때 죽는 거"라고 이야기한다. 끝없이 선고되는 자신의 죄목을 무감각하게 듣고 있는 아르카디오는 실제로 처형당하기에 앞서 이 모든 것이 "터무니없는" 일이라고 생각한다.

하늘로 승천하는 미녀 레메디오스도 빼놓을 수 없다. 노란색은 중남미 신화에 나오는 사랑의 여신 오슌(Oshun)을 대표하는 색깔로, 미녀 레메디오스는 소설 전반에 걸쳐 노란색 꽃과 노란색 나비와 함께 등장한다. 미녀 레메디오스는 아름다움과 성적 매력, 죽음의 힘을 갖고 있다. 가령, 레메디오스의 체취는 남자들이 죽어 "뼈가 가루가 될 때까지" 그들을 계속 괴롭힌다. 가르시아 마르케스가 레메디오스의 승천을 묘사하는 방식은 지극히 사실적이어서 독자들은 이 장면을 아무 의심의 여지없이 사실처럼 받아들인다.

미녀 레메디오스는 아주 쉽게 공중으로 날아오른다. "미녀 레메디오스는 공중으로 펄럭이며 떠오르는 침대 시트에 휘감긴 채 손을 흔들며 작별인사를 한다. 미녀 레메디오스를 휘감은 침대 시트는 풍뎅이와 달리아 냄새가 밴 공기를 뒤로하고 오후 네 시가 되어 가는 공중으로 날아올라, 인간이 상상할 수 있는 가장 높이 나는 새들도 쫓아가지 못할 만큼 높은 하늘 위로 영원히 사라져 버렸다."

가르시아 마르케스가 묘사하는 '마술적 사실주의'는 환상적인 장면에 구체적이고 사실적인 디테일을 묘사하는 힘이 있다. 그는 1981년 작가 피터 H. 스톤과의 『파리 리뷰』 인터뷰에서 이렇게 이야기했다.

마술적 사실주의란 저널리즘적인 기법으로 문학에도 적용할 수 있습니다. 가령, 하늘을 훨훨 날아가는 코끼리가 한 마리 있다고만 하면 사람들은 이 이야기를 믿으려 하지 않을 겁니다. 그렇지만 하늘을 훨훨 날아가는 코끼리가 425마리 있다고 하면 사람들은 아마도 이 이야기를 믿으려 할 것입니다. 『백년의 고독』은 바로 이런 것으로 가득 차 있습니다. …… 미녀 레메디오스가 승천하는 에피소드를 쓸 때 저는 이 장면을 사실적으로 묘사하기 위해 오랜 시간을 들였습니다. 어느 날 저는 정원에 나갔다가 우리 집에 빨래를 하러 오는 아주머니를 보았습니다. 아주머니는 침대 시트를 말리려고 빨랫줄에 너는 중이었는데 그때 바람이 몹시 불었어요. 아주머니는 시트가 날아가지 않도록 바람에 맞서고 있었지요. 저는 그것을 보고 침대 시트라는 소재를 활용하면 미녀 레메디오스의 승천 장면을 묘사할 수 있을 거라고 생각했습니다. 저는 이런 식으로 이야기에 사실감을 부여합니다. 모든 작가가 고민하는 문제가 바로 이 사실감이죠. 이야기가 사실적인 한 누구든 이야기를 쓸 수 있습니다.

부엔디아 가문의 가장 호세 아르카디오 부엔디아가 극적인 죽음을 맞이했을 때도 하늘에서 노란색 꽃이 보슬비처럼 떨어진다. 마콘도 마을은 그의 죽음 이후 바나나 회사 노동자의 파업을 진압하기 위한 대규모 학살과 기나긴 폭우에 시달린다.

소설에 등장하는 바나나 학살 이야기는 1928년 12월 6일 콜롬비아 해변에 위치한 시에나가라는 마을에서 발생한 유나이티드 프루트 컴퍼니의 노동자 학살 사건을 모델로 하고 있다. 그 바나나 회사 노동자들은 임금 인상과 근무조건 개선을 요구했으나, 정부에서는 이들을 깡패, 선동꾼, 사회주의자로 치부해 버렸다. 미국 정부는 콜롬비아와의 바나나 교역에 있어 자신들의 이권을 지키기 위해 콜롬비아 정부를 압박했고, 결국 보수적인 콜롬비아 정부는 광장 근처에 있는 건물 위로 군사들을 보내 그곳에서 시위 중인 노동자들을 전부 총으로 쏴 죽였다. 이 사건으로 최소 40명에서 최대 2,000명의 사람들이 죽었을 것으로 추정되는데, 이렇게 사망자 수의 편차가 큰 것은 콜롬비아 정부에서 군사들이 상당수의 노동자를 살해했고, 살해된 노동자를 바나나 기차에 싣고 가 바다에 쏟아 버렸다는 혐의를 부인하고 있기 때문이다. 『백년의 고독』의 호세 아르카디오 세군도는 바나나 학살로 3,000명 이상의 사람들이 죽었다는 확신을 평생 동안 가지고 살아간다.

가르시아 마르케스는 2004년에 발표한 그의 자서전『이야기하기 위해 살다』에서 바나나 학살과 학살에 대한 정부의 침묵이 『백년의 고독』에서 바나나 학살 장면을 묘사하는 데 영향을 주었다고 말했다.

체제에 순응하는 사람들은 실제로 사망자가 발생하지 않았다고 했다. 극단적인 반체제주의자들은 사망자가 100명이 넘었고, 그들이 광장에서 피를 흘리며 죽어 있는 것을 보았고, 마치 상한 바나나를 버리듯 바다에 내다 버리기 위해 기차에 시체를 싣고 가는 것을 보았다고 흔들림 하나 없는 목소리로 주장했다. 내 이야기는 그 두 가지 양 극단 사이 어느 불확실한 지점에 영원히 머물러 있다. …… 나는 내 상상 속에서 여러 해 동안 묵혀둔 공포의 이미지를 활용해 그 학살 사건을 정확하게 묘사했다.

그는 또 『파리 리뷰』인터뷰에서 이렇게 이야기했다. "광장에서 벌어진 대학살은 지극히 사실입니다. 저는 증언과 기록에

근거해 글을 썼지만 사실 얼마나 많은 사람들이 죽었는지는 정확하게 알려져 있지 않습니다. 저는 3,000명이라고 했지만 그것은 명백한 과장입니다. 하지만 저는 어렸을 적 바나나가 가득 들었다고 생각되는 길고 긴 기차가 플랜테이션을 떠나는 것을 지켜본 적이 있습니다. 그 기차에는 바다에 쏟아 버릴 3,000명의 시체가 들어 있을 수도 있었지요."

소설 속에 등장하는 바나나 학살 장면은 부분적으로 어린이의 시점에서 묘사되고 있다——실제로 바나나 학살이 발생했을 때 가르시아 마르케스는 걸음마를 하는 갓난아기였다. 그는 회고록을 통해 학살에서 살아남은 일곱 살 어린이의 시점에서 소설을 쓰고 싶었으나, 어린 화자에게는 이야기를 잘 전달할 만한 "충분한 시적인 능력"이 없을 거라 생각했다. 그래서 『백년의 고독』에서는 대신 호세 아르카디오 세군도와 한 어린이가 독자들을 공포의 순간으로 안내한다.

대위가 사격 개시 명령을 내리자, 열네 개의 기관총이 동시에 그의 명령에 응답했다. 그런데 그 모든 것이 마치 희극처럼 보였다. 숨 가쁘게 총성이 울리고, 총구에서 불꽃이 뿜어져 나오는 것이 보였지만, 그 모든 것에 무방비로 노출된 밀집한 군중들은 겁으로 굳어 버린 나머지 그 어떤 반응도, 말소리도, 한숨소리도 내지 않았다. 그리하여 마치 기관총에 폭죽탄이라도 장착되어 있는 것처럼 보였다. 그러나 갑자기 역 한쪽에서 죽음의 비명소리가 마법 같은 정적을 깨뜨렸다. "아아아, 어머니!"

독자들이 마음과 생각을 들여다볼 수 있는 등장인물이 학살의 현장을 직접 묘사하는 것은 상당히 효과적인 이야기 방식이다. 독자들이 등장인물과 마찬가지로 위험에 처해 있다는 느낌, 마치 친구와 함께 지옥의 한가운데를 지나고 있는 것 같은 실감을 주기 때문이다.

이 대목이 되면 시간의 흐름이 느려지면서 독자들은 갑자기 총을 든 부대가 눈앞에 나타나는 믿을 수 없는 장면을 경험한다. 처음에는 아무런 소리도 들리지 않는다. 그러다 곧 어린이가 화자의 역할을 넘겨받는다. 호세 아르카디오 세군도의 어깨 위에 올라타 "제일 좋은 위치"를 차지한 어린이는 살상의 현장을 파도와 용의 꼬리질이라는 어린이다운 시각으로 묘사한다.

살아난 사람들은 땅바닥에 엎드리는 대신 작은 광장으로 달아나려 했는데, 공포에 휩싸인 군중들은 마치 용의 꼬리질을 피하듯 촘촘한 파도처럼 한쪽으로 몰려가다가 반대편 길에 다다라 또 용의 꼬리질을 피하듯 촘촘한 파도처럼 이쪽으로 밀려오는 군중들과 만났는데, 그쪽에서도 기관총이 쉬지 않고 발사되고 있었다.

어린이는 무슨 일이 벌어지고 있는지 현실적으로 파악하고, 용의 꼬리질 같은 순진한 이미지 따위에서 벗어나야 한다. 어른들도 마찬가지로 이 모든 것이 희극이라는 생각을 버리고 기관총 발사가 눈앞의 현실이라는 것을 깨달아야 한다. 학살의 흔적이 모조리 사라지고 마콘도 주민들은 이후 아무도 학살을 기억하지 못하지만, 호세 아르카디오 세군도의 곁에는 유일하게 이 어린이가 있다. 또 슬픔에 빠진 호세 아르카디오 세군도에게는 장장 5년 동안 마콘도를 위해 눈물 같은 폭우를 내려 주는 대자연이 있다.

나는 소설 『뼈들의 농사』에서 1937년 10월 도미니카 공화국의 사탕수수 농장에서 아이티 노동자들이 학살당했던 사건을 묘사하면서 위 바나나 학살 장면을 떠올리곤 했다. 당시 도미니카 군인과 민간인들은 며칠 만에 1만 명에서 4만 명에 이르는 아이티인을 학살했고, 대부분 마체테 칼로 베어 죽였다. 각각의 희생자나 생존자의 입장에서 그때 이야기를 정확하게 전달하기란 불가능했으므로, 나는 대신 아마벨 데지르라는 가공의 인물을 준비했다. 그리고 한 군인 가족의 집에서 가정부로 일하던 아마벨이 당시 사회의 다양한 모습을 직접 경험하고 목격한 내용을 그렸다. 나는 광범위한 주제를 이야기하기 위해 아마벨의 개인적인 이야기와 그녀의 미세한 진실이 필요했다.

가르시아 마르케스는 『백년의 고독』에서 미세한 진실과 보편적인 진실에 대해 이야기하며, 마치 죽음만이 유일한 글의 주제인 것처럼 죽음에 대해 노련하게 이야기한다. 그의 소설 속 등장인물들은 고독하게 죽거나, 떼죽음을 당하거나, 전쟁, 학살, 익사, 자살 등으로 죽는다. 유산과 출산 과정에서 죽는 인물, 늙어서──아주 늙어서──죽는 인물, 병에 걸려 죽는 인물도 있고, 종종 자연사하는 인물도 있다. 몇 달, 몇 년에 걸쳐 천천히 죽어가며 죽는 장면에 대해 장황하게 묘사되는 인물이 있는 반면, 한두 문장, 아니 단어 몇 개로 끝나는 인물도 있다. 죽은 뒤 유령이나 영혼이 되어 이승을 찾아오는 경우, 사람들의 기억 속에만 존재하는 경우도 있다. 아무리 마술적 사실주의라 해도 등장인물을 영원불멸로 만들 수는 없다.

가르시아 마르케스는 데이비드 스트라이트펠드 기자와의 마지막 인터뷰에서 이런 유의 이야기를 집필하는 행위가 죽음에 대한 두려움과 연관이 있다고 말했다. "내가 글을 쓰는 이유는 바로 죽음에 대한 두려움 때문입니다." 그는 이렇게 말했다. "글을 쓰지 않으면, 나는 죽을지도 몰라요."

죽음의 소망

"정말 진지한 철학적 문제는 단 하나뿐이다. 그것은 바로 자살이다." 알베르 카뮈는 『시지프 신화』에서 이렇게 말했다. "어떤 의미에서, 또 어떤 멜로드라마에서 보면 자살은 일종의 고백과도 같다. 자살이란 삶을 감당할 길이 없음을, 혹은 삶을 이해할 수 없음을 고백하는 행위다."

토니 모리슨의 소설 『술라』에는 제1차 세계대전에 참전했던 퇴역 군인 섀드랙이 등장한다. 그는 삶을 감당할 길이 없고 삶을 이해할 수도 없어 머릿속에 온통 자살에 대한 생각뿐이다. 그는 결국 전국자살일을 제정하기에 이른다.

자살을 고려하는 사람들은 이웃과 멀어지게 마련이다. 하지만 섀드랙은 마을 사람들에게 오히려 자살을 권한다. 그는 자살을 공공연한 것, 함께하는 것으로 만든다. 전국자살일이 되면, 자살은 하나의 행사이자 마을의 구경거리가 된다.

매년 1월 3일이 되면, 그는 소 방울과 교수형 집행인의 밧줄을 들고는 사람들을 불러 모으며 카펜터즈 로드를 따라 보텀 마을을 지나갔다. 그는 사람들에게 오늘이 자살을 하거나 서로를 죽일 유일한 기회라고 외치고 다녔다.

보텀에 사는 사람들은 죽음에 대한 특별한 믿음 덕분에 섀드랙의 행동을 있는 그대로 받아들인다. 섀드랙이라는 이름*은 그가 아무리 아수라장 같은 상황에 처해도 살아남을 수 있음을 암시한다. 다른 보텀 주민들도 마찬가지지만, 섀드랙은 죽음이 우연한 것이라 생각하지 않는다. 삶은 우연일 수 있어도 "죽음은 고의적이다". 따라서 보텀 주민들은 카뮈가 이야기했던 것처럼 "산다는 게 무엇인지 또렷하게 이해하고 빛 저 너머로 도피해 버리는 죽음의 게임을 추적하고 이해"하기에 가장 적합한 이들이다. 단, 그들은 빛 저 너머로 도피하지 않는다. 그들은 빛 안으로 도피한다. 전미도서비평가협회상 수상작인 토니 모리슨의 세 번째 소설『솔로몬의 노래』에서처럼 말이다.

---

* 사드락(Shadrack)은 구약 다니엘서에 등장하는 인물로 그는 불구덩이에 던져졌으나 죽지 않고 살아난다. −옮긴이

『솔로몬의 노래』는 "밀크맨"이라고 불리는 메이컨 데드 3세──여기서 데드(Dead)라는 성은 그의 가족사가 완전히 사라졌음을 상징한다──가 가족의 뿌리를 발견하는 여정을 이야기하는 소설이다. 소설의 마지막 장면을 보면 밀크맨이 비상하는 극적인 장면이 묘사되는데, 일부 사람들은 이 장면을 자살로 해석하기도 한다. 소설은 보험회사 직원인 로버트 스미스가 사람들이 보는 앞에서 자살하는 장면으로 시작된다. 그가 이렇게 자살하는 이유는 백인에게 살해당한 흑인의 죽음을 복수하기 위해 만들어진 '7일' 결사단의 단원으로서 제 역할을 제대로 하지 못했기 때문이었다.

로버트 스미스가 병원 건물의 둥근 돔 지붕에서 뛰어내리는 순간, 밀크맨의 고모 파일러트는 노래를 부르기 시작한다("오 슈거맨 날아가 버렸네 / 슈거맨 사라져 버렸네"). 이는 수십 년 전 밀크맨의 할아버지가 뛰어내렸던 바로 그 절벽에서 훗날 밀크맨도 투신하게 될 것임을 암시하는 복선 역할을 한다. 이처럼 로버트 스미스와 밀크맨이 뛰어내리는 장면은 과거 노예 무역선에 실려 이동하던 아프리카인들이 고향으로 돌아가길 바라며 선박 갑판에서 몸을 던졌던 것을 연상시킨다.

사후 세계에서 자유를 누리고 싶었던 노예들은 자살을 선택하는 경우가 흔했다. 그들에게 죽음은 물리적으로 삶이 중단되는 것 이상의 의미가 있었다. 그들에게 죽음이란 과거를 벗어나 이상적인 마음의 고향으로 떠나는 전환 과정이자 정신적인 여행을 뜻했다. 뿐만 아니라, 자살은 그들을 마치 물건처럼 취급하는 노예 제도를 무효화할 수 있는 가장 효과적인 방법이었다. 삶과 죽음을 스스로 선택할 수 있다는 것을 보여 줌으로써 그들도 하나의 인간임을 주장할 수 있었기 때문이다.

자살을 포함한 여러 가지 죽음의 모습은 토니 모리슨의 소설에 긴 그림자를 드리운다. 『솔로몬의 노래』에 등장하는 파일러트는 가르시아 마르케스의 『백년의 고독』에 나오는 레베카처럼 죽은 아버지의 유골을 수년간 짊어지고 다닌다. 『빌러비드』에는 유령의 모습으로 이승을 찾아온 주인공이 등장한다. 『재즈』에는 십대의 연인을 살해하는 남자가 등장한다. 『파라다이스』는 "그들은 제일 먼저 백인 소녀부터 쏜다"라는 유명한 첫문장으로 시작된다. 토니 모리슨의 처녀작 『가장 푸른 눈』의 화자는 "우리는 우리 자신의 용감함을 증명하기 위해 …… 죽음에 기댄다"고 이야기한다. 하지만 자살 충동을 이야기하는 이 소설 속 등장인물을 쉽게 하나로 정의하기는 무척 까다롭다. 소설에 등장하는 죽음의 모습이 하나같이 미묘하게 다르고 복잡하기 때문이다.

카뮈는 이렇게 이야기했다. "고의적으로 죽음을 택하는 것은 …… 고통의 무용성을 본능적으로나마 인정했음을 뜻한다."

문학은 고통을 먹고 산다. 대부분의 소설에서 갈등과 긴장을 조성하는 것은 (초반에는 비록 무의미해 보일지라도) **유용한** 고통인 경우가 많은데, 여기서 유용하다 함은 고통을 겪는 등장인물에게 유용하다는 것이 아니라 작가에게 유용하다는 의미다. 작가들은 고통에 대해 이야기하기 위해 소설 속 등장인물을 고난에 빠뜨리곤 한다. 혹여 등장인물에게 고통을 주거나 죽게 만드는 게 싫어 주저하면, 그 이야기는 실패할 수도 있다. 또한, 작가들은 자신의 가장 고통스러웠던 경험을 공개적으로 이야기함으로써 일종의 위대한 목적을 달성하고자 하는 바람도 있다. 우리 작가들의 가장 겸허한, 동시에 가장 오만한 바람이라면 우리가 쓴 글로 인해 독자들이 외로움을 조금이나마 해소하는 것이다. 우리의 고통, 또는 등장인물의 고통은 그것이 내적인 것이든 외적인 것이든, 신체적인 것이든 심리적인 것이든 절대로 헛되지 않다. 이러한 고통이 비록 불가피한 죽음으로 이어지더라도 우리에게 뭔가를 선사하기 때문이다.

톨스토이의 『안나 카레니나』에 등장하는 모든 인물은 나름의 고통을 겪는다. 안나 카레니나의 이야기는 톨스토이의 실제 이웃이었던 안나 스테파노바 피로고바라는 한 내연녀가 연인으로부터 버림을 받은 뒤 기차역 선로에 뛰어들어 스스로 목숨을 끊었던 사건에 영감을 받아 만들어졌다. 톨스토이는 당시 기차역에서 피로고바의 짓이겨진 사체를 직접 보았고, 그가 본 이미지는 그가 평생 목격했던 다른 죽음과 마찬가지로 그의 잔상에 오래도록 남게 되었다.

안나 카레니나는 모스크바 역에서 한 역무원이 기차에 치여 사망하는 사고를 배경으로 처음 모습을 드러낸다. 그리고 그녀는 기차역에서 자살을 선택하며 소설에서 퇴장한다. 여기서 이 역무원의 죽음은 불길한 징조다. 안나 카레니나의 꿈에 계속해서 등장하는, 큰 자루를 짊어진 농부의 이미지 역시 불길하다. (자루는 「이반 일리치의 죽음」의 이반 일리치의 꿈에도 등장한다.) 소설과 마찬가지로 현실에서도 죽음을 암시하는 불가사의한 환영이 우리 앞에 종종 나타나는 경우가 있다.

내 아버지는 세상을 떠나기 얼마 전, 침대를 맴도는 그림자 때문에 잠을 잘 수가 없다고 어머니에게 이야기하곤 했다. 때로는 아주 오래 전에 세상을 떠난 아버지의 부모님, 특히 어머니가 붉은색 파티 드레스를 입고 아버지 앞에 나타났다고도 말했다.

"아버지를 데리러 온 거야." 어머니는 이렇게 말했다. 아버지는 그로부터 며칠 후 세상을 떠났다.

임종을 앞둔 주말, 어머니는 하루에 평균 18시간 동안 잠을 잤다. 하루는 오후가 되어 잠에서 깨어 나를 보더니 몹시 놀라며 경계하는 모습을 보였다. "여기서 뭐 하고 있어?" 어머니는 내 뒤편을 보면서 이렇게 말했다. 어머니의 목소리는 아버지가 살아 있었을 때 아버지와 대화하던 바로 그 말투였다.

죽음의 사신은 우리가 흔히 생각하는 큰 낫을 들고 검은 망토를 뒤집어 쓴 모습 이외에도 수없이 다양한 모습으로 나타난다. 『안나 카레니나』에 등장하는 사신은 "엉겨 붙은 머리가 군모 밖으로 삐져나온 지저분하고 못생긴 농부", 자루를 짊어진 농부의 모습이다.

안나 카레니나의 죽음이 복선이 깔린, 불가피한 사건이긴 하지만 그녀의 자살은 사실 그녀의 생각대로 진행되지 않는다. 안나 카레니나의 자살 장면에 대해 이야기만 많이 들었지 직접 읽어 보지 않았던 나는, 몇 년 전 그 장면을 직접 읽으면서 안나가 자살에 양가감정을 느끼고, 심지어 죽기 직전 후회하는 모습을 보고 의외의 놀라움을 경험했다. 톨스토이는 위대한 소설가답게, 주인공이 기차에 치이는 장면을 그냥 쉽게 지나가지 않고 독자들이 주인공의 고통스러움을 함께 경험하게끔 했다.

바퀴와 바퀴 사이의 한가운데가 그녀 앞까지 온 바로 그 순간, 그녀는 빨간 가방을 던지고 어깨 사이로 머리를 푹 파묻은 채 기차 밑으로 몸을 던져 두 손으로 바닥을 짚었다. 그리고 마치 곧 일어나려는 듯 가벼운 동작으로 무릎을 땅에 갖다 댔다. 그 순간 그녀는 자기가 한 짓에 두려움을 느꼈다. '내가 어디에 있는 거지? 내가 뭘 하고 있는 거야? 대체 왜?' 그녀는 몸을 일으켜 뒤로 물러서려 했다. 하지만 거대하고 완

강한 무언가가 그녀의 머리를 치면서 그녀를 잡아끌고 갔다. '하느님, 저의 모든 것을 용서하세요!' 그녀는 어떤 저항도 불가능하다는 것을 깨닫고는 중얼거렸다. 자그마한 농부 한 사람이 혼잣말을 하며 철로 위에서 일을 하고 있었다. 그리고 그녀가 불안과 기만과 슬픔과 악으로 가득 찬 책을 읽을 때 그 옆에서 빛을 비추던 촛불 하나가 어느 때보다 밝게 확 타오르더니, 과거에 암흑 속에 잠겨 있던 모든 것을 그녀 앞에 비춰 보이고는 탁탁 소리를 내며 점점 흐릿해지다가 영원히 꺼지고 말았다.

기차 바퀴 사이의 한가운데가 그녀 앞까지 온 순간, 안나 카레니나는 아마도 최후가 다가왔음을 깨달았을 것이다. 하지만 자신의 행동을 되돌리기에는 이미 너무 늦었다. 그래서 그녀는 자신의 몸을 가볍게 만들고 싶었는지 갖고 있던 빨간 가방을 내던진다. 그러나 톨스토이는 빛이 영원히 꺼져 버리기 전 가능한 한 많은 이야기를 전달한다. 이 중에는 일부 애매모호한 이야기도 있다. 내가 잘못 해석하는 것일 수도 있지만, 나는 "마치 곧 일어나려는 듯"이라는 표현에서 안나가 혹시 생각을 바꾼 것이 아닐까 생각한다. 가령, 내가 기차 승강장에서 이 광경을 직접 목격했더라면, 나는 그녀가 일어나려는 자세에서 안나가 더 이상 죽고 싶은 생각이 없고, 누군가 자기를 구해 주길 바라고 있으며, 어쩌면 스스로 그곳에서 빠져나오고자 하는 마음을 읽었을 것 같다.

내가 이런 생각에 더욱 확신을 갖게 되는 것은 톨스토이가 기차 승강장의 광경을 그저 관찰하는 데 그치지 않고 안나의 머릿속 생각을 묘사하는 부분이다. 이어지는 몇 개의 문장을 보면, 3인칭 서술로 묘사되던 이야기가 갑자기 "내가 어디에 있는 거지? 내가 뭘 하고 있는 거야? 대체 왜?"라고 생각하는 안나의 내면으로 전환된다. 그녀는 "몸을 일으켜" "뒤로 물러서려" 하나 ——이는 시간을 뒤로 돌리고 싶다는 뜻도 있을 것이다—— 이미 모든 것이 늦고 말았다. 기차가 그녀의 머리를 떠밀고 그녀를 질질 잡아끌고 간 것이다. 이러한 디테일은 아마 톨스토이가 안나 스테파노바 피로고바 사건을 관찰하면서 얻은 사실일 것이다.

토니 모리슨의 술라 피스와 마찬가지로, 안나 카레니나 역시 죽음을 받아들이기로 체념한 뒤 자신의 마지막 생각을 정리할 수 있는 순간적이나마 유예의 시간을 갖게 된다. 그녀는 "하느님, 저의 모든 것을 용서하세요!"라고 기도한다. 안나가 정말로 죽음을 원했더라면, 안나는 이 장면에서 드러난 것처럼 하느님의 용서를 비는 대신 원한을 품고 죽었을지도 모른다. 이후 등장하는 촛불은 꺼져가는 빛이라는 간단한 은유로 이해될 수도 있으나, 사실 이 촛불은 책읽기와 글쓰기를 좋아한 안나 카레니나가 책을 (아마도 영국 소설책을) 읽었던 기억을 환기시키는 장치다. 하지만 영국 소설책보다 안나에게 더 어울리는 책은 격정적인 불륜, 배신, 자살을 이야기한 귀스타브 플로베르의 『보바리 부인』일지도 모른다.

톨스토이는 자살을 비도덕적인 행위로 간주한 것으로 보인다. 그가 1898년 친구에게 보낸 「자살에 대한 편지」를 보면 왼손을 제외한 몸 전체가 마비된 한 수도승의 이야기가 나온다. 그 수도승은 사원 마룻바닥에 30년 동안 누워 있으면서 불평 한마디 하지 않았으며, "생명의 불꽃"을 간직한 채 그를 보러 온 수천 명의 사람들에게 가르침을 선사했다. 톨스토이는 이 이야기를 전하며 이렇게 편지를 끝맺었다. "사람에게 생명이 붙어 있는 한, 그는 스스로를 완성하고 세상에 기여할 수 있다."

작가이자 정신과 의사 케이 레드필드 재미슨은 그의 저서 『자살의 이해』에서 이렇게 말했다. "자살은 죽은 자의 이름에 '오명'이 될 수 없다. 이는 비극이다." 또한 자살은 불명확성으로 점철된 것이기도 하다. 재미슨은 이렇게 덧붙였다. "자살을 생각만 하는 사람과 행동으로 옮기는 사람의 차이를 명확히 구분하기란 쉽지 않다. 심각한 자살 충동에 사로잡혀 있지만 주변의 방해 때문에 그 충동을 행동으로 옮기지 못한 경우도 있을 것이고, 죽으려는 의도도 별로 없고 그렇게 위험한 자살 방법을 쓰지도 않았는데 누군가 발견해서 구해 주겠지 하고 기다리다가 정말 죽어 버린 경우도 있을 것이다."

내 작품에는 자살이 딱 두 번 등장한다. 첫 번째는『숨결, 눈길, 사랑』에 등장하는 사건으로, 나는 열여덟 살 때 이 책의 집필을 시작해 스물네 살 때 탈고를 마쳤다. 소설에 등장하는 화자의 어머니는 아이티에서 한 생면부지의 남자에게 강간을 당해 화자(소피)를 낳았다는 정신적 충격에 시달린 나머지, 두 번째 아이를 임신하자 자살을 해 버린다. 자살 장면은 직접 묘사되지 않고, 소피가 어머니의 애인으로부터 전화를 받아 전해 듣는 것으로 처리된다. 소피는 전화 통화를 하면서도 어머니의 애인이 전달하는 소식에 전혀 집중하지 못한다. 이는 비슷한 소식을 듣는다면 나도 소피처럼 행동하지 않았을까 하는 당시의 내 생각이 반영된 것이다. 소피는 침착하다. 어머니의 애인은 퉁명하고 쌀쌀맞게 이야기를 전하는데, 이는 그가 충격을 받았기 때문이기도 하다. 이 시점에서 소피와 어머니의 애인은 둘 다 충격을 받은 상태다. 나는 이런 상태를 표현하기 위해 가급적 단순한 언어를 사용하고 대화와 대화 사이 '내가 물었다', '그가 대답했다' 같은 표현도 가능한 배제했다.

"엄마가 병원에 있어요?"

"아니, 영안실에."

나는 그의 고상한 말투를 듣고 감탄했다. 지금부터 그는 당신 딸을 잃어버린 할머니와 하나뿐인 자매를 잃어버린 애띠 이모에게도 이 소식을 전해야 할 터였다.

"제가 제대로 들은 거 맞아요?" 내가 물었다.

"네 엄마는 죽었어."

나는 이미 과장될 대로 과장된 죽음에 대해 감상적이거나 지나치게 극적인 반응을 보이지 않으려고 했다. 하지만 지금 돌이켜보면, 소피가 어머니의 죽음을 그 즉시 받아들인 것처럼 보이지 않게 그녀가 현실에 직면하는 과정을 더 포함시켰더라면 좋았겠다는 생각이 든다.

소피가 어머니의 애인에게 자세한 내용을 알려달라고 하자, 그는 한밤중에 일어나 피로 물든 홑이불이 잔뜩 쌓여 있는 화장실 바닥 위에 어머니가 쓰러져 있는 것을 발견했다고 이야기한다. 그가 처음 발견했을 때 어머니는 아직 숨이 붙어 있었으나, 스스로를 17번 칼로 찌른 상처로 인해 결국 병원으로 옮겨진 뒤 사망한다.

내가 지금 이 소설을 다시 쓴다면, 나는 화자의 어머니가 17번씩이나 자해하게 만들지 않을 것이다. 하지만, 나는『솔로몬의 노래』에서 호스피털 토미가 "모든 살인은 다 힘들게 마련이야"라고 했던 말도 떠올려 본다. 조증 환자의 자살은 특히 어려운 자기살인일 수 있다. 하지만 이 모든 것에도 불구하고, 나는 마치 사람을 실제로 죽이는 데 공모한 것마냥 지금도 소피 어머니의 죽음에 죄책감을 느끼곤 한다.

두 번째 등장하는 자살은 단편집 『크릭? 크랙!』 중 「바다의 아이들」이라는 단편에 등장한다. 1991년, 아이티의 초대 민선 대통령인 장 베르트랑 아리스티드는 쿠데타로 인해 대통령 자리에서 쫓겨나고, 군사 정부가 정권을 잡고 공포정치를 주도하게 되었다. 이를 견디지 못한 수천 명의 아이티 사람들은 배를 타고 미국과 다른 나라로 도피했다. 이때 많은 배들이 미국 해안경비대에 발견되었고, 배에 타고 있던 사람들은 어른 아이 할 것 없이 쿠바에 있는 관타나모 수용소 —— 훗날 테러범 수용소가 된 바로 그곳 —— 로 보내졌다.

그때 당시, 나는 어머니와 함께 뉴욕 아이티 방송국의 한 라디오 프로그램에서 갓난아기를 팔에 안고 배에 탄 젊은 여자의 이야기를 들었다. 아기가 배를 타고 가던 중 죽어 버리자, 배에 탄 사람들은 아기의 시체를 배 밖으로 던져 버리라고 젊은 여자에게 말했다. 그러자 그 여자는 그들이 시키는 대로 하고, 곧 자기도 바닷속으로 뛰어들었다. 나는 소설에서 그 갓난아기가 배에서 태어나고 배에서 죽는다고 각색했다. 소설에 등장하는 두 화자 가운데 한 명이 그때 일을 이렇게 회고한다.

그녀는 아기를 바다로 던져 버렸어. 나는 그녀의 얼굴이 굳어지더니 곧 체념하는 것을 보았지. 바다에서 철썩 하는 소리가 났고, 아기는 물 위에 잠시 떠 있다가 금방 가라앉았어. 얼마 지나지 않아 그녀도 바다로 뛰어들었어. 아기의 머리가 가라앉았던 것처럼, 그녀의 머리도 바닷속으로 가라앉았더군. 그들은 마치 폭포 아래 놓인 두 개의 병처럼 그렇게 사라졌어.

이 이야기는 한 쌍의 연인이 편지를 주고받는 서간체의 형식으로 전개된다. 위의 편지를 쓴 화자는 가라앉고 있는 배 안에서 편지를 쓰는 중이기 때문에, 나는 의도적으로 묘사의 속도를 높이고 디테일을 언급하지 않았다. 화자는 원래 이 이야기를 쓸 생각이 없었지만, 죽기 전 마지막 이야기라 생각하고 글을 쓰는 중이다. 그는 이야기를 골똘히 곱씹고 디테일에 신경쓸만한 여유가 없다. 그에게는 핵심만 전달할 시간만이 있을 뿐이다.

지금 돌이켜보면, 나는 자살이라는 문제에 대해 어느 정도 거리를 두길 선호했다. 그렇게 하는 게 더 믿을 만한 이야기로 비춰질 거라 생각했기 때문이었다.

나는 위의 두 소설을 썼을 때만 해도 주변에 자살한 사람을 직접 본 적이 없었다. 그러던 얼마 후, 나는 한 춘계 워크숍에서

2주 동안 강의를 하면서 아름답고 재능 있는 한 여성 시인을 만났다. 그런데 그녀가 워크숍이 끝난 지 몇 주 뒤 두 살배기 아들을 죽이고 자살했다는 소식을 들었다. 그녀는 어렸을 때 아버지의 자살을 경험했는데, 그 당시에는 아버지가 영원히 세상을 떠난 게 아니라고 생각했다고 했다. 그녀는 자살이 일종의 병으로, 아버지가 병을 치료하러 먼 외국에 나갔다고만 생각했다. 그녀는 아버지가 언젠가 돌아올 거라고 믿었다. 한번은 또, 자기가 진정으로 속해 있는 세상은 책뿐이라고, 그녀는 나에게 말했다.

나는 그녀를 5년 간격을 두고 두 번 만났는데, 첫 번째는 대학교 동문 패널에서, 두 번째는 그 워크숍에서 만났다. 그녀를 잘 알지는 못했으나, 그녀의 시를 즐겨 읽었다. 그녀의 작품 가운데는 내 소설과 마찬가지로 이주, 혼란, 때로는 죽음 같은 주제를 다룬 시가 많았다.

그녀와 나는 처음 만났을 때 서로 이야기할 기회가 많이 없었으나 ─ 패널에는 우리 말고도 두 명이 더 있었다 ─ 나중에 워크숍에서 만났을 때는 식사, 리셉션, 파티에서 많은 시간을 함께했다. 당시 나는 결혼한 지 얼마 안 된 신혼이었고, 남편과 아기를 갖는 문제를 생각 중이었다. 그녀와 나는 육아와 글쓰기를 병행하는 삶에 대해 이야기를 나눴다. 그녀의 아들은 똑똑하고 잘생긴 아이였다. 아이가 그린 그림은 그 나이대 다른 아이들이 그린 그림보다 생동감이 넘치고 표현력도 훨씬 뛰어났다. 어떤 그림과 음악을 좋아하냐고 물으면, 그 아이는 자기가 좋아하는 게 뭔지 대답할 줄도 알았다. 그 아이는 유명한 음악가와 화가의 이름도 알았다.

"쉬운 일이 아니에요." 그녀는 육아와 글쓰기에 대해 이렇게 말했으나, 그 두 가지가 결코 불가능하다는 인상을 남기지는 않았다.

그녀가 아들을 죽이고 자살했다는 소식을 접한 뒤, 나는 그녀가 어린 아이를 키우는 여성 작가로 사는 일이 쉽지 않다고 이야기했던 것이 혹시 자살할 거라는 그녀의 속마음을 보여 준건 아니었을까 생각했다. 그녀는 앤 섹스턴의 시 「흑마술」을 내게 인용했던 건지도 모른다.

글을 쓰는 여자는 감정이 너무 많아,
이 모든 무아지경과 징조들!
마치 출산과 아이와 섬만으로는
만족할 수 없다는 듯……

그녀가 일찍 세상을 떠났으므로, 나와 그녀의 만남은 내 마음속에서 계속 이어졌다. 그 워크숍에 함께했던 사람들과 그녀에 대해 이야기할 일이 생기면 나는 되도록 말을 아끼려고 했다. 그들은 나보다 그녀를 더 잘 아는 사람들이었다. 어떤 사람들은 슬퍼했고, 또 다른 사람들은 분노했다.

그녀의 아들 살해와 자살에 대해 특별 기사를 준비하던 한 기자가 내게 인터뷰를 부탁했을 때도, 나는 그녀의 아들이 똑똑하고 잘생겼으며, 그 아이가 늘 행복해 보였다는 이야기만 전했다. 워크숍에 참석한 학생과 교수들 모두 그 아이를 안아주고 싶어 했다는 말도 했다. "모두들 그 애를 좋아했어요." 나는 이렇게 말하면서도 머릿속에는 그녀의 이야기가 계속 맴돌았다. 쉬운 일이 아니에요. 쉬운 일이 아니에요.

나는 그녀의 전화가 해지되기 전 그녀가 준 전화번호로 전화를 걸어보았다. 그녀의 목소리가 듣고 싶어서였다. 그러나 그녀의 전화기를 보관하고 있는 누군가가 내가 전화한 걸 보고 왜 죽은 사람을 스토킹하는지 궁금해 하면 어쩌나 싶었다. 그녀의 작품을 다시 읽던 나는 이 모든 시를 자살이라는 그녀의 마지막 선택을 염두에 두고 해석해야 되는 걸까 생각했다. 그녀가 선택한 단어를 보면 아들과 자기 자신의 목숨을 끊은 그녀의 불가사의한 행동에 대한 중요한 단서가 나오지 않을까?

비록 그녀의 운명을 바꿀 수는 없었어도, 나는 그녀가 살아 있었을 때 니키 지오바니의 시 「시인들」을 들려주면 좋았을 거란 생각이 든다.

시인들은

자살을 하면 안 돼요

그들이 남기고 간 세상에는

상상력이나 감정이 없는

사람들만 있거든요

　자동응답기의 음성 메시지에 남겨진 그녀의 목소리는 부드러웠다. 하지만 그 부드러운 목소리에도 억양이 들어 있었다. 그녀는 자기의 이름을 말한 뒤, "메시지를 남겨주세요"와 비슷한 말을 덧붙였다. 그녀는 워크숍 마지막 날 자신이 쓴 시를 읽으면서 다양한 억양을 따라하곤 했다. 그녀는 억양을 잘 살릴 줄 알았다. 그녀는 목소리도 아름다웠다. 나는 그 목소리를 다시 듣고 싶었다. 나는 그녀의 죽음과 그녀 아들의 죽음이 거짓이길 바랐다.

　그녀의 워크숍에 참석했던 학생들은 그녀가 글쓰기란 자유로워야 한다고 이야기했던 것을 좋게 평가했다. "너무 걱정하지 마세요." 그녀는 학생들에게 말했다. "그냥 글을 쓰세요." 나는 그녀가 특유의 말투와 억양이 담긴 목소리로 이렇게 말했던 것이 아직도 귀에 선하다. 쉬운 일이 아니에요. 그냥 글을 쓰세요.

　그로부터 10년 후 어느 여름날, 남편의 오랜 친구 중에 한 명이 플로리다 집 근처에 있는 해변에서 총으로 자살한 일이 있었다(당시 나는 그녀를 알게 된 지 얼마 안 되었었다). 그녀의 우울증 전력에 대해서는 들어서 알고 있었지만, 우리는 그녀가 어렸을 때 겪었던 감정적 상처를 모두 극복했다고 생각했다. 그녀는 부모의 사랑과 보호를 받지 못하고 학대를 경험하는 끔찍한 유년기를 보냈는데, 결국 그들이 지어 준 이름을 버리고 가족과 거리를 두었다. 텍사스 출신의 그녀는 영국 왕가의 이름을 연상시키는 새 이름으로 개명했다.

그녀의 직업은 보도 사진기자로, 그녀는 30개가 넘는 나라에 방문하거나 거주하면서 각종 끔찍한 광경과 극도로 아름다운 순간을 직접 보고, 또 제 발로 찾아다녔던 사람이었다. 그녀가 찍은 사진은 전국 신문과 잡지에 실리곤 했다. 음악과 예술을 사랑했던 그녀는 예술가가 되고픈 많은 젊은이들의 멘토였다. 그녀는 매년 메모리얼 데이마다 집에서 파티를 열었고, 멀리 사는 사람들도 그녀의 파티에 찾아왔다. 그녀는 47세로 생을 마감했다.

그녀의 친구들 가운데는 그녀의 변함없고 활기찬 미소 뒤에 아픔이 있었음을, 밝게 빛나는 두 눈 뒤에 고통이 숨어 있었음을 어떻게 그들이 보지 못했는지 자문하는 사람들도 있었다. 그녀가 고통을 감추는 데 능했던 걸까, 아니면 우리가 그 고통을 알아차리지 못했던 걸까? 나는 시를 몹시 사랑했던 그녀가 자살을 선택한 이유로 랭스턴 휴스의 짧지만 단호한 시 「자살의 변」을 인용했을 것 같다.

　　고요하고,
　　차가운 얼굴을 한 강이
　　내게 키스해 달라고 했네.

그녀의 경우, 고요하고 차가운 얼굴을 한 총구가 그녀에게 키스를 해달라고 한 것이다. 우리들 가운데 그녀가 그 키스를 하지 못하도록 막을 수 있는 사람은 없었다. 그녀의 친구들 가운데는 자기들이 그날 그 해변에 갔었더라면 그녀의 자살을 막을 수 있었을 거라 생각하기도 했다. 하지만 그녀가 그 키스의 꾐에 넘어가지 않도록 우리가 옆에 24시간 붙어 있으면서 감시할 수는 없는 노릇이었다. 우리는 절대로 총구의 끝보다 그녀와 가까워질 수 없었다. 그녀는 언제나 우리가 어떻게 할 수 없는, 저 먼 곳에 있었다.

내가 일부러 두루뭉술하게 이들의 이름을 언급하지 않은 게 아니다. 내가 할 수 있는 이들의 이야기는 여기까지가 전부다. 거짓된 친밀감을 더하거나 각색과 소설화를 거치지 않고서 나는 이들에 대해 더 이상 이야기할 수가 없다.

린다 그레이 섹스턴은 그녀의 어머니이자 시인 앤 섹스턴——앤 섹스턴은 47세가 되던 해 자동차 안에서 일산화탄소 중독으로 자살했다——의 자살과 자신의 자살시도에 대해 글을 남겼다. 그녀의 회고록『머시가를 찾아서: 어머니 앤 섹스턴의 이야기』는 어머니에게 보내는 편지로 시작한다. "어머니와 함께한 복잡한 삶에 대해 애도와 축하를 보내는 개인적인 메시지"인 그녀의 회고록은 어머니의 방임, 신체적 학대, 부적합한 성적 행동——그녀는 어머니가 침대 옆자리에서 그녀에게 몸을 꼭 붙인 채 자위를 했다고 고백했다——으로 얼룩진 인생과, 심각한 우울증으로 고통 받는 어머니와 함께한 롤러코스터 같은 삶의 기록이다. (그레이 섹스턴도 어머니의 죽음 이후 우울증을 겪었다.)

그레이 섹스턴은 회고록 집필을 통해 카타르시스를 경험했냐는 독자들의 질문에 그렇지 않다고 대답했다. "카타르시스는 회고록을 쓰기 전, 정신과 의사의 진료실에서 이미 경험했어요. 회고록은 저 자신과 다른 사람들에게 이러이러한 일이 실제로 있었다는 사실을 증명하는 작업이었죠."

그녀는『자살의 내력을 극복하는 법』이라는 회고록에서 자살에 대해 또 한 번 이야기했다.

다른 많은 자살 사건과 마찬가지로, 내 어머니는 왜 일산화탄소 중독으로 목숨을 끊었는지에 대해 쪽지 하나 남기지 않았다. 그리고 가족의 자살을 경험한 다른 많은 사람들과 마찬가지로, 나는 왜 어머니가 자살을 선택했는지 그 이유를 몹시 알고 싶었다. 어머니의 삶이 언젠가는 자살로 끝날 수밖에 없는 수많은 자살 시도로 점철되어 있었고, 또 어머니의 대표적인 시를 보면 어머니가 죽음을 선택할 수밖에 없는 고통이 여러 차례, 여러 번의 은유를 통해 드러나 있음에도 불구하고, 나는 그 이유를 몹시 알고 싶었다.

앤 섹스턴의 대표작 「죽음의 소망」은 딸 그레이 섹스턴이 열한 살이던 1964년 2월에 쓰인 시다. 그녀의 시를 보면, 훗날 그레이 섹스턴이 그토록 알고 싶어 했던 것을 미리 짐작하고 있던 것도 같다.

그러나 자살은 독특한 언어를 갖고 있다.
목수들처럼, 자살은 어떤 도구를 쓸 것인지 알고 싶어 한다.
자살은 절대 그 이유를 묻지 않는다.

앤 섹스턴이 친구 앤 클라크에게 「죽음의 소망」에 대해 이야기한 편지에 따르면, 그녀는 이 시에서 다른 무엇보다 "죽음의 성별"을 탐구하고자 했던 것으로 보인다.

(내 생각에) 고통스럽게 죽음을 맞이하는 경우, 그 죽음은 남자야. 하지만 스스로 자살하는 경우, 그 죽음은 여자야. 이 사실을 전제로 내가 발견한 사실들을 말해 줄게. 첫째, 난 죽은 자들이 진짜 죽었다고 생각하지 않아. 둘째, 난 이미 죽은 몸이긴 하지만 난 내가 죽을 거라고 절대 생각하지 않아. 셋째, 자살한 사람들은 특별한 곳에 가게 돼 …… 가령 꿈의 세계로 말이야. 넷째, 자살은 일종의 자위행위야!!!

앤 섹스턴은 작가활동 초기에 한 글쓰기 워크숍에서 시인 겸 소설가인 실비아 플라스를 만났고, 두 사람은 간간이 술자리를 함께하는 지인이 되었다. (그들은 워크숍이 끝난 뒤 토론을 계속 이어가기 위해 함께 술을 마시러 가곤 했다.) 플라스가 두 명의 어린 아이들을 남겨둔 채 가스오븐을 틀어 놓고 자살한 뒤, 앤 섹스턴은 그녀에게 바치는 만가(輓歌)를 썼다.

"실비아 플라스를 위한 시 한 편을 썼는데, 썩 괜찮은 것 같아요." 그녀는 1963년 6월 시인 로버트 로웰에게 보내는 편지에서 이렇게 말했다. "그녀가 쓴 시처럼 보이고 싶었지만 언제나 그렇듯 성공적이지 못했어요. 모방의 정신은 사라지고 언제나 그렇듯 제가 쓴 시처럼 보이니까요."

실비아 플라스의 둘째 아들이자 해양 생물학자였던 니콜라스 휴스가 2009년 3월 47세의 나이로 목을 매 자살했다는 소식이 알려진 뒤, 그레이 섹스턴은 『뉴욕타임스』에 「고통스러운 유산」이라는 사설을 기고했다.

"그의 자살 소식을 듣고 내가 놀랐는지 궁금한가?" 그녀는 이렇게 말했다. "전혀 그렇지 않다. …… 니콜라스 휴스의 어머니와 내 어머니는 지독한 우울증에 지쳐 이에 굴복한 사람들이다. 당신들은 스스로를 파괴했다. 그리고 우리는 당신들이 겪은 참사의 잔해 속에서 성장했다."

앤 섹스턴과 실비아 플라스 모두 죽음을 그들 작품의 일부라고 생각했다. 플라스는 「나자로 부인」이라는 시에서 이렇게 말했다.

죽는 것은
하나의 예술이지요, 다른 모든 것이 그렇듯.
난 그걸 유난히 잘 하고요.

앤 섹스턴은 플라스에게 바친 시 「실비아의 죽음」에서 자살—두 사람 모두 평생 집착했던 대상—을 그들의 "소년"으로 표현했다. 그녀는 이렇게 말했다.

어떻게 그리로 갔나요,
내가 그리도 오래, 간절하게 원했던 죽음 안으로

앤 섹스턴은 비록 자살 행위에 매료되어 있었으나, 안락사나 다른 형태의 살인 행위는 반대했던 것으로 보인다. "어떤 이유로든 사람을 살해하는 건 진정 끔찍한 일이라 생각해." 그녀는 앤 클라크에게 보낸 편지에서 이렇게 말했다. "무슨 이유 때문에 살해한 건지는 상관없어. 심지어 히틀러 같은 사람도 말이야. 또 누군가에게 살해당하는 것 역시 진정 끔찍한 일이라 생각해. 비록 자고 있는 동안 고통 없이 죽었다 해도 말이지."

아래 편지는 앤 섹스턴이 사망하기 5년 전, 한 시 낭송회에 참석하기 위해 이동하던 비행기 안에서 쓴 것이다. 그녀가 딸 앞으로 보낸 이 편지는 또 하나의 유서를 연상시킨다.

"이 편지는 마흔 살 된 린다에게 보내는 글이다. …… 인생이란 쉽지 않은 법이야. …… 주체적인 여성이 되려무나. 사랑하는 사람들과도 잘 어울리렴. 내가 필요할 때면 내 시에게 말을 걸고, 너의 가슴에게 말을 걸어 보렴. 나는 이 두 가지 안에 들어 있을 거야."

그레이 섹스턴은 당연히 어머니의 시 이상의 것을 원했을 것이다. 그녀가 어머니의 시를 통해 어머니를 느낄 수는 있어도, 어머니는 더 이상 이승의 사람이 아니기 때문이다. 그레이 섹스턴은 실제로 40세가 되었을 때 어머니의 편지에 대해 이렇게 말했다. "어머니는 저 하늘 높은 곳에서 늘 내게 이야기했지만, 나는 이제야 어머니에게 대답할 수 있다. …… 나는 자유를 찾기 위해 내 감정을 '언어'── 어머니와 내가 탐닉했던 공통의 매체 ──에 담았다."

비록 앤 섹스턴은 이 세상에 없지만, 그녀와 그녀의 딸에게는 언어라는 도구가 있는바, 결국 언어는 두 사람의 삶의 척도가 되어 줄 것이다.

선고받은 죽음

알베르 카뮈는 『시지프 신화』에서 이렇게 말했다. "자살의 반대, 그것은 바로 죽음을 선고받은 자다."

카뮈와 톨스토이는 사형 제도에 대해 비슷한 시각을 견지하고 있었다. 톨스토이는 「나는 침묵할 수 없다」라는 논문에서 1908년 지주들에게 반란을 일으킨 20명의 농노를 교수형에 처했던 사건에 대해 이렇게 언급했다. "그들은 아무도 처형 장면을 지켜보지 못하도록 새벽녘에 은밀하게 처형을 진행한다. 또한 사형 집행인들 사이에 이 부당한 짓에 대한 책임을 균등하게 배분해 모든 이들이 자기는 책임이 없다고 생각하고 말하게끔 만든다."

내가 집필한 연작소설 『이슬을 깨는 자』는 뒤발리에 독재

정권 당시 사람들을 고문하고 처형했던 자들에 대한 이야기다. 1950년대 후반부터 1980년대까지, 아이티에서는 choukèt laroze(크리올어로 "이슬을 깨는 자"라는 뜻)라 불리는 군인과 무장단체 조직원들이 늦은 밤이나 새벽녘에 사람들을 납치한 뒤 끔찍하기로 악명 높은 수감시설과 고문실에 가두곤 했다. 아이티에서 어린 시절을 보낸 나는 아는 사람들 가운데 군인과 조직원은 물론 피해자도 있었다. 그들 중 일부는 내 지인과 이웃이었다.

나는 이 책을 통해 이슬을 깨는 자로 산다는 것, 또 그들의 피해자로 산다는 것이 과연 어떤 삶인지 살펴보고 싶었다. 이슬을 깨는 자들은 대체 무슨 권한으로 자기들이 다른 사람을 사형대에 올려도 괜찮다고 생각했을까? 나는 이 점이 궁금했다. 내 어머니의 표현에 따르면, 그자들이 창조해 낸 생명도 아닌데, 자기들이 대체 무슨 권한으로 그 생명을 빼앗아도 괜찮다고 생각했을까?

나는 어렸을 때 어머니의 말 가운데 "창조해 낸 생명"이라는 표현이 조금 혼란스러웠다. 저 말은 우리를 낳아 준 부모님은 우리를 죽여도 괜찮다는, 즉 부모님에게는 예외를 적용할 수 있다는 이야기일까? 우리를 낳아 준 사람이 우리의 삶을 끝낼 수도 있는 아주 특별한 상황이 존재할 수도 있다는 말일까? 만약 우리를 낳아 준 부모님이 우리에게 사형을 선고하는 판사와 사형 집행자라면? 이는 희망과 미래를 연상시키는 출생 자체와 대치되는 개념이다. 진부한 표현이긴 해도, 어린이들은 우리의 미래다. 그렇다면 미래의 반대는 죽음을 선고받은 어린이일 것이다.

"흑인들은 일종의 강박관념을 가지고 자기 자식을 사랑한다." 기자이자 회고록 작가인 타네하시 코츠는 아들 사모리에게 보내는 편지 형식으로 구성된 『세상과 나 사이』에서 이렇게 말했다. 그는 2015년 전미도서상을 수상한 이 책을 통해 자신의 유년시절, 지식인으로 활동했던 성년시절, 미국의 인종 차별과 백인우월주의의 뼈아픈 역사, 오늘날 미국 사회의 현실에 대해 시적이면서도 강렬한 언어로 묘사했다.

"너는 우리의 모든 것이고, 너는 위험에 처한 채로 우리에게 온다." 그는 아들에게 이렇게 말했다. "나는 미국이 만든 그 거리에서 네가 죽는 걸 보느니 차라리 그 전에 우리 손으로 너를 죽이고 싶을 것 같다."

"그것이 육신을 잃어버린 사람들의 철학이다." 코츠는 이렇게 시인했다. "아무것도 통제할 수 없고, 아무것도 보호할 수 없는 사람들, 범죄자를 두려워하는 것은 물론 보호 명목으로 온갖 도덕적 권위를 누리며 그들 위에 군림하는 경찰까지 두려워하도록 만들어진 사람들의 철학이다."

노예 제도가 존재했던 시절, 경찰들은 노예를 감시했고, 한 날 물건이나 다를 바 없었던 코츠의 조상이나 나의 조상들에게 법은 가혹한 것이었다. 토니 모리슨의 소설 『빌러비드』에서 가장 인상 깊은 장면 가운데 하나는 과거에 노예로 살았던 주인공 세서가 딸을 노예로 만드느니 죽이는 게 낫다고 생각해 자신의 딸을 살해하는 대목이다. 세서의 갓난쟁이 딸이 유령이 되어 이야기에 등장하는 장면은 이 소설의 핵심이자 소설 전개의 중심축이다.

세서의 이야기는 흑인 노예였던 마거릿 가너의 실화를 바탕으로 한 것으로, 그녀는 가족들과 함께 켄터키주에 있는 플렌테이션 농장에서 도망치다가 추노꾼에게 붙잡히자 푸줏간 칼로 두 살배기 딸의 목을 그어 버린 것으로 전해진다. 그녀는 자기 목숨도 끊으려 했지만, 사람들의 방해로 성공하지 못했다.

『빌러비드』에서는 백인 네 사람 ——이들은 요한 묵시록에 나오는 말 탄 네 사람을 연상시킨다——이 세서와 그녀의 가족을 추격한다. 가학적인 노예주인 학교 선생, 학교 선생의 조카, 노예사냥꾼, 보안관이 그 추격자들이다. 추격 장면은 세서가 도망쳐 나온 플렌테이션 농장을 운영하는 학교 선생의 시점에서 진행된다. 무자비하고 악랄한 학교 선생은 그의 조카들을 모아 놓고 세서의 "동물적 특징"을 관찰해 보라며 세서가 수유 중이었을 때 그녀의 젖을 짜보게 시키는 인물로, 그녀는 그 일로 딸아이에게 먹일 젖을 모두 빼앗긴다.

세서가 딸을 살해하는 대목은 네 명의 백인들이 농장에서 도망친 세서가 살고 있는 블루스톤 로드에 도착하는 장면으로 시작된다. 학교 선생은 여러 번 경험을 통해 앞으로 어떤 상황이 벌어질지 예상한다. 그는 노예들이 추격자를 발견하면 필사적으로 도망을 가니 조심스럽게 접근하라고 말한다. "안 그러면 산 채로 잡아야 돈을 받을 수 있는 놈을 죽여 버려야 하는 일이 벌어진다고."

학교 선생이 세서와 세서의 아이들이 숨어 있는 헛간에 들어서자마자 유혈이 낭자한 사태가 벌어지는데, 모리슨은 이를 상당히 절제된 언어로 묘사했다. 서정적인 표현이 물씬 풍기는 소설의 다른 장면들과 달리, 이 장면에는 의도적으로 꾸미지 않은 언어가 사용됐다. 장면 자체가 워낙 참담하고 강렬하기 때문에, 모리슨은 굳이 이를 더 선정적으로 묘사할 필요가 없다고 생각했던 것 같다.

모리슨은 이 장면이 짧다 보니 독자들이 이를 종종 놓친다고 말했다. 그녀는 2010년 아프리카계 미국인들의 역사 아카이브인 전미 비전 리더십 프로젝트(National Visionary Leadership Project)와의 화상 인터뷰에서 이렇게 이야기했다. "여러분은 처음부터 다 알고 있었지만 …… 실제로 사건이 발생하는 순간은 텍스트에 가려져 있어 거의 발견하기 힘들어요."

모리슨은 같은 인터뷰에서 세서의 이야기를 쓰는 작업이 몹시 어려웠다고 고백했다. "정말, 정말 어려운 작업이었어요. 그에 적합한 언어를 찾는 것도 일단 어려웠고요. 하지만 무엇보다 제게 어려웠던 것은 외부인의 시점에서 그 상황을 이야기하는 게 진짜 같다거나 타당하다는 생각이 안 들었다는 거예요. 저는 늘 학생들에게 이렇게 말해요. 등장인물을 **그냥** 흑인 아버지가 아닌, **여러분의** 아버지라 생각하라고요. 바로 그분 말이에요. 자기 아이를 죽인다는 게 어떤 건지 상상하고 싶거든, 실제로 내 아이를 품 안에 안아봐야 해요. …… 그리고 사건이 발생하는 바로 그 순간─이게 어려운 점이죠─언어는 퇴색되어 버려요. 어떤 미사여구도 필요 없죠. 모든 것이 정지되고 사라지고 조용해질 뿐입니다. 사건 자체가 언어보다 훨씬 강력하거든요."

학교 선생과 다른 남자들은 아래 대목에서 세서가 아기를 죽이고 자기도 자살하려는 광경을 목격한다.

안에서는 깜둥이 여자 발치에서 톱밥과 흙먼지를 뒤집어쓴 사내애 두 명이 피를 흘리고 있었다. 여자는 한 손으로는 피투성이가 된 다른 아이를 가슴에 끌어안고 다른 손으로는 갓난아이의 발뒤꿈치를 붙잡고 있었다. 여자는 그들을 쳐다보지도 않았다. 그저 팔을 빙빙 돌려 갓난아이를 널빤지 벽에 던지려다 실패하자 다시 한 번 제대로 맞히려 했다. 그때——
백인 남자들이 눈앞에 펼쳐진 광경을 멍하니 바라보던 그 찰
나——늙은 깜둥이가 고양이 소리를 내며 그들 뒤에서 헛간
안으로 뛰어들었다. 그러고는 둥근 포물선을 그리며 팔을 돌
리는 엄마의 손에서 아기를 낚아챘다.

나는 모리슨이 왜 이 장면을 세서의 관점에서 묘사하지 않았
는지 궁금했다. 그러다 문득, 세서가 소설 내내 이때 일을 수없
이 떠올리고 있다는 것을 깨달았다. 다시 말해 이 사건은 소설
속 모든 장면에 영향을 준 것이다.

이 헛간 장면은 정적이지는 않지만 간략하게 압축되어 있다.
이는 어떤 장면의 깊이가 단어의 양보다 단어의 선택, 신중한
디테일 묘사, 심상, 문장 구조, 어조, 운율, 억양에 더 크게 좌우
된다는 것을 보여 준다. 이 장면은 아주 간결하게 시작되지만,
독자들의 관심을 붙잡아 두기에 충분한 갈등을 이야기한다. 사
내애 두 명——이들은 다치고 상처 입은 아이들로 묘사된다——
이 피를 흘리고 있다. 하지만 이 사내애 둘의 엄마는 아직 그들
의 엄마라고 묘사되지 않는다. 그녀는 피투성이가 된 아이를
가슴에 끌어안고 아이의 발뒤꿈치를 붙잡고 있는 "깜둥이 여
자"다. 그녀는 추격자들을 쳐다보지도 않고선 널빤지 벽에 아
이를 던지다가, 아이가 제대로 벽에 맞지 않자 다시 "맞히려고"

한다. 나는 이 책을 아무리 여러 번 읽었어도 이 대목을 읽을 때면 숨이 턱 막히곤 한다.

세서가 둥근 포물선을 그리며 팔을 돌리는 행동은 이 헛간 장면은 물론 소설 전체에서 감정적으로 가장 핵심이 되는 부분이 아닐까 싶다. 아이가 그 자리에서 죽을 수 있게 벽에 맞히는 이 광기 어린 순간에 둥근 포물선으로 팔을 돌린다는 것은 굉장히 현실적인 계산이 아닐 수 없다. "둥근 포물선을 그리며 팔을 돌리는 엄마의 손"이 아이를 죽이는 이 장면은 힘든 살인 중에서도 힘든 살인이다. (깜둥이 여자는 이때서야 드디어 엄마라고 묘사된다.) 둥근 포물선을 그리며 움직이는 손은 세서의 단호하고 비극적인 행동, 불가능하지만 어쩔 수 없었던 선택, 선택을 실행에 옮기기 위해 필요한 결심의 정도를 상징한다.

모리슨은 마거릿 가너가 전혀 미치지 않았으며, 그녀가 아이를 죽인 뒤 후회하는 기색이 전혀 없었다는 사실에 충격을 받았다고 말했다. 뿐만 아니라, 그녀는 똑같은 상황이 생기면 또다시 아이를 죽일 수 있다고 했다. 세서가 둥근 포물선을 그리며 손을 돌린다는 표현이 의미하는 바가 이것이다. 친자식을 죽이려면 엄청난 갈등과 결심이 필요하지만, 사실 세서의 마음속에는 그보다 더한 무언가가 있었다. 바로 노예 생활이 죽음보다 못한 삶이라는 것이다.

가너와 세서의 선택은 자유 아니면 죽음을 외치는 흑인 노예들의 속담, 기도, 노래, 이야기와도 맞닿아 있다. 그들은 이렇게 노래했다. "오, 자유, 내게 자유를 주소서. 나는 또 다시 노예가 되느니 무덤에 묻히고 말겠네. 이제 주님께로 돌아가 자유를 찾으리." 노예제 폐지론자 해리엇 터브먼은 이렇게 말했다. "내 앞에는 죽음과 자유라는 두 가지 권리만이 있다."

모리슨은 소설 『술라』에서도 에바 피스라는 등장인물이 자기 아들 플럼을 죽이는 복잡한 사건을 다뤘다. 플럼은 새드랙과 마찬가지로 제1차 세계대전 참전 후 심리적 외상을 입고 돌아와 마약에 중독되고 가족들의 돈을 훔치는 인물이다. 에바는 아들의 이런 행동을 보다 못해 조치를 취하기로 한다.

에바가 플럼을 죽이는 장면은 플럼이 죽기 직전까지 에바의 시점에서 진행된다. 이 장면 역시 간결한 언어를 사용했으나, 『빌러비드』의 헛간 장면보다는 다소 정도가 덜하다.

에바는 플럼의 방에 들어가 그가 어머니에게 칭찬의 이야기를 중얼거리는 동안 그를 꼭 끌어안는다. ("엄마, 너무 이뻐요. 너무 이뻐요, 엄마.") 그녀는 플럼이 어린 소년이었을 때 그를 지금처럼 꼭 끌어안고 흔들었던 것을 떠올린다. 그녀는 곧 목발을 끌어당겨―그녀는 다리 한 쪽이 없었는데 소문에 의하면 보험금을 타내기 위해 일부러 다리를 잘랐다고 했다―주방으로 몸을 질질 끌고 간다. 그녀는 플럼의 몸 위에 등유를 잔뜩 끼얹고 신문지를 둘둘 말아 불을 붙인 뒤 그를 불태워 버린다.

아주 매력적인 냄새와 함께, 축축한 빛이 그의 다리와 배 위를 이리저리 지나는 것 같았다. 이 축축한 빛은 그의 몸을 온통 적시며 빛을 흩뿌리고는 그의 피부 속까지 적셨다. 그는 눈을 뜨고, 자신이 상상했던 것이 그의 몸 위로 축축한 빛을 쏟아붓는 독수리의 거대한 날개라는 것을 알았다. 이것은 일종의 세례, 일종의 축복이었다. 모든 것이 다 잘될 거라고 말해 주는 것 같았다. 그는 그렇구나 생각하며 눈을 감고 잠의 밝은 구멍 속으로 다시 가라앉았다.

이 장면은 『빌러비드』의 헛간 장면보다 감각적인 디테일 묘사가 더 많다. 플럼은 자기 운명을 전혀 통제할 수 없는 수동적인 상태에 놓여 있다. 이 장면을 읽는 독자들은 등유의 "축축한 빛"을 보고, 등유가 플럼의 몸을 적시는 동안 등유의 냄새를 맡는다. 모리슨은 플럼이 불에 휩싸이기 직전 어떤 기분이었을지 독자들이 공감할 수 있게 한다. 여기서 그가 등유에 흠뻑 젖어 "아늑한 기쁨"을 느낀다고 표현한 것은 모리슨이 마치 에바의 죄를 사하기 위해, 또는 에바에게 독자들의 동정심을 유발하기 위해서가 아니었을까 싶다. 독자들은 어머니가 아들을 불태우는 구체적인 행위에서 이 끔찍한 행위가 일종의 세례, 일종의 부활로 승화하는 추상적인 이미지로 서서히 옮겨간다.

여기서 플럼이 살아날 수 있는 방법은 없다. 플럼의 죽음은 조용하지만 폭력적이고, 밀실 공포스럽고, 개인적이다. 독자들이 강렬한 감정을 느끼는 것은 이 장면의 숨 막히는 분위기 덕분이다. 어머니가 아들을 살해한다는 설정이 죄악스럽긴 하나, 이는 에바로서 어쩔 수 없는 선택이다. 이 장면에서 에바가 플럼에게 몸을 던져 불을 끄거나, 플럼의 몸 위에 물을 끼얹으면 그는 살아날 수 있다. 하지만 현실에는 물이 없다. 물은 플럼이 어렸을 때 그를 목욕시키던 에바의 기억 속에만 있을 뿐이다. 에바의 눈물이 입안으로 흘러들어 오기 전, 혀로 눈물을 핥아 버린다. 방바닥에 놓인 딸기 크러시도 사실 음료수가 아니라 마약을 하고 난 플럼의 피가 섞인 물이다.

플럼의 몸을 이리저리 지나는 "축축한 빛"은 그를 죽음에 이르게 만들지만, 그는 그 빛을 편하게 받아들인다. 그는 세례받는 사람이 물 안에 몸을 담그듯 축축한 빛 아래로 가라앉는다. 사실, 플럼과 에바는 지금 일어나고 있는 일이 일종의 "축복"이라고 생각한다. 즉 플럼은 구원을 받고 있는 것이다. "잠의 밝은 구멍"이 있는 한, 모든 일이 다 잘 될 것이다.

"죽음이란 잠이나 다름없으니 죽는 것도 괜찮았다." 넬은 이후 스스로의 죽음에 대해 이렇게 생각한다. 이는 잠과 죽음이 형제라는 속담과 그 맥을 같이 한다. 에바 피스의 행동은 알베르 카뮈가 「단두대에 대한 성찰」에서 "사회는 그 자체가 조물주라도 되는 듯이 죽어야 할 자를 선별할 권리를 스스로 만들고 마치 스스로 속죄자 그리스도라도 되는 듯이 그 제거 행위에 엄청난 고통을 덧보탠다"고 말했던 것과도 비슷하다. 하지만 에바도, 세서도 스스로를 조물주라고 전혀 생각하지 않는다. 그들에게 조물주 같은 면이 있다면, 그들의 사랑과 분노의 정도가 위대하다는 점뿐이다. 세서의 친구 폴 디에 따르면, 세서와 에바의 사랑은 너무 "짙어서" 살아남기가 어려울 정도다.

모리슨의 소설 세계에 등장하는 죽음은 인간에게 닥칠 수 있는 최악의 상황이 아니다. 세서는 자신이 살해한 어린 딸과 집에서 도망친 두 아들을 떠올리며 죽음은 "망각과는 거리가 멀다"는 점을 되뇐다. 목숨을 부지한 세서의 딸 덴버는 사랑하는 사람을 잃는 고통에 비교해 "죽음은 그저 밥 한 끼 거르는 일에 불과하다"고 말한다. 비록 전부 다는 아니지만, 모리슨의 소설에 등장하는 많은 등장인물들이 이처럼 생각한다.

모리슨은 1993년 작가 엘리사 샤펠과의 『파리 리뷰』 인터뷰를 통해, 빌러비드라는 유령으로 돌아온 세서의 죽은 딸이 어머니가 자신을 살해한 일에 대해 어떻게 생각할지 의문을 가져봤다고 말했다.

"빌러비드는 그런 짓이 절대 강인하다고 생각하지 않았어요." 모리슨은 샤펠에게 이렇게 이야기했다. "그냥 광기라고 생각했지요. 그보다 더 중요한 문제는 노예로 사는 것보다 죽음이 낫다는 걸 세상에 누가 아냐는 겁니다. 실제로 죽어 본 적이 없잖아요. 그런데 어떻게 그걸 알겠어요?"

내가 모리슨의 소설에서 미니멀하게 묘사된 죽음 장면만 좋아하는 것은 아니다. 내가 읽어 본 소설 가운데 가장 디테일이 살아 있으면서도 마음을 움직이는 장면은 『솔로몬의 노래』에 등장하는 다음 대목이다. 이 장면에서 파일러트는 조카 밀크맨 대신 총을 맞고 쓰러진다. 총을 맞고서도 미소를 짓는 파일러트의 모습에서 두려움 없고 무법자다운 그녀의 성격이 잘 드러난다.

아래는 파일러트가 죽음을 맞는 장면이다.

그녀가 곧 일어서더니 이내 쓰러졌다. 밀크맨은 그녀가 쓰러진 뒤 총소리를 들었다는 생각이 들었다. 그는 무릎을 꿇고 파일러트의 축 늘어진 고개를 팔로 받쳐 안고는 그녀를 향해 악을 쓰듯 물었다. "다쳤어요? 파일러트 고모, 다쳤냐고요?" 그녀는 부드럽게 웃었다. 밀크맨은 고모가 두 사람이 처음 만난 날, 그가 세상에서 가장 바보스러운 말을 했던 그날을 기억하고 있다는 걸 알았다.

황혼이 내리면서 그들을 에워싼 사방이 온통 어두워지고 있었다. 밀크맨은 손으로 그녀의 가슴과 배를 쓰다듬으며 총에 맞은 부분을 찾으려했다. "파일러트 고모? 괜찮아요?" 그는 고모의 눈빛을 이해할 수가 없었다. 고모의 머리를 받치고 있는 손에서 샘물처럼 땀이 솟았다. "파일러트 고모?"

그녀가 한숨을 쉬었다. "나 대신 레바를 좀 돌봐 줘." 그러더니 이렇게 말했다. "더 많은 사람들과 알고 지낼걸. 그들을 모두 사랑했을 텐데. 더 많은 사람들을 알았더라면, 더 많이 사랑할 수 있었을 텐데."

밀크맨은 그녀의 얼굴을 보려고 몸을 구부렸고, 어둠이 그의 손을 검게 물들이는 것을 보았다. 땀이 아니라 피가 그녀의 목에서 흘러나와 둥글게 만 그의 손바닥 안에 고이고 있었다. 그는 생명을 도로 그녀 속으로 몰아넣으려는 듯, 빠져나오는 생명을 억지로 도로 제자리에 밀어 넣으려는 듯 손가락으로 피부를 꼭 눌렀다. 하지만 오히려 피는 더 빨리 흘러나오고 있었다. 머리를 굴려 지혈법을 생각하는 밀크맨은 지혈을 위해 천을 찢는 소리가 귀에 선명하게 들려오는 듯했다. 그는 무게 중심을 바꾸고 상처를 더 잘 묶으려고 그녀를 바닥에 내려놓았다. 그때 그녀가 다시 말했다.

"노래하렴." 그녀가 말했다. "뭐든 날 위해서 노래해 줘."

밀크맨은 아는 노래가 없었고, 노래하는 목소리도 누가 듣고 싶어 할 만큼 좋지 못했지만, 고모의 목소리에 깃든 간절함을 무시할 수 없었다. 음조 하나 없이 가사만 읊어대면서 그는 고모를 위해 노래했다. "슈가걸 날 두고 떠나지 말아요/목화

솜에 질식할 것 같아요/슈가걸 날 두고 떠나지 말아요/버크라의 두 팔이 내 목을 졸라요." 피는 더 이상 펄떡거리며 솟아나지 않았고, 파일러트의 입가에는 시커먼 거품 같은 게 묻어 있었다. 하지만 그녀가 고개를 살짝 움직이며 그의 어깨 너머를 바라보았을 때에도, 그는 한참 후에야 그녀가 죽었다는 걸 깨달을 수 있었다. 파일러트의 죽음을 깨달은 그는 입에서 쏟아져 나오는 낡고 오래된 노랫말을 도저히 멈출 수가 없다. 크게 소리를 내면 죽은 파일러트를 깨울 수 있을 것만 같아 그는 점점 더 큰 소리로 노래를 읊었다. 하지만 깨어난 건 오로지 새들뿐이었다. 새들은 전율하며 허공으로 날아올랐다. 밀크맨은 파일러트의 고개를 바위 위에 가만히 내려놓았다. 두 마리 새들이 그들 주위를 빙글빙글 돌았다. 한 마리가 갓 만든 무덤으로 뛰어들어 부리로 뭔가 빛나는 걸 물고 멀리 날아갔다.

이제 그는 어째서 자기가 그녀를 그렇게 사랑했는지 알 것 같았다. 파일러트는 땅에서 발 하나 떼지 않고도 날 수 있는 사람이었다. "고모 같은 사람이 분명히 또 있을 거예요." 그는 파일러트에게 속삭였다. "적어도 고모 같은 여자가 한 명은 더 있을 거예요."

새들이 물고 간 "뭔가 빛나는" 것은 파일러트가 조금 전까지

하고 있었던 귀걸이로, 그녀는 그 귀걸이를 귓불에서 떼어내 그녀의 아버지가 묻혀 있는 땅속에 함께 묻는다. 담뱃갑으로 만든 파일러트의 귀걸이 안에는 파일러트의 이름이 쓰인 종이가 들어 있다. 여기서 귀걸이를 물고 날아가는 새를 파일러트의 영혼이 날아가는 모습으로 해석할 수도 있다.

밀크맨은 파일러트의 갑작스러운 죽음을 가까이에서 직접 목격한다. 밀크맨은 파일러트가 죽는 것을 지켜볼 뿐만 아니라, 고모가 죽어가는 것을 느낀다. 그는 고모가 무엇을 생각하고 있는지 상상한다. (그는 고모가 웃는 것이 두 사람이 처음 만난 날을 기억하고 있어서라고 생각한다.) 파일러트는 자기의 죽음을 지켜보는 조카가 너무 괴로워하지 않도록 노력한다. 그녀는 고통을 애써 감추며 웃는다. 그녀는 후회스러웠던 일을 고백하며 평소와 다른 연약한 모습을 보인다. 그러고는 밀크맨에게 노래를 불러달라고 부탁한다. 자기를 위로해 달라는 부탁을 통해 밀크맨에게 선물을 주는 셈이다. 밀크맨은 처음에는 주저하지만, 곧 소설 앞부분에서 보험회사 직원이 자살했을 때 고모가 불렀던 노래를 개사해서 부른다. (그는 "슈가맨" 대신 "슈가걸"이라고 한다.) 밀크맨의 노래 덕분에, 파일러트의 삶은 하나의 완전한 원을 완성한다.

"슈가걸 날 두고 떠나지 말아요." 밀크맨은 이렇게 노래하지만, 파일러트는 그를 두고 떠나야 한다. 그들의 조상들이 과거

목화밭에 사랑하는 사람들을 남겨두고 떠났던 것처럼("목화솜에 질식할 것 같아요") 또 악랄한 백인 농장주들에 의해 세상을 떠났던 것처럼 말이다("버크라의 두 팔이 내 목을 졸라요").

파일러트의 입에서 피가 흘러나와 밀크맨의 손을 피로 적신다. 밀크맨은 지혈대로 상처를 압박하는 등 고모를 살릴 방법을 생각해 보지만, 이미 늦었다. 파일러트는 죽었다.

모리슨은 밀크맨이 죽은 파일러트를 깨우기 위해 어떤 말을 했는지 밝히지 않았다. (이 장면은 짧게나마 두 사람이 친밀함을 나누는 모습을 디테일하게 묘사했다.) 하지만 분명한 것은 그 노랫말이 "낡고 오래된" 것이라는 점이다. 사실 이런 상황에서라면, 그 어떤 말을 해도 낡은 것처럼 들릴 것이다. 또 이 장면이 밀크맨의 시점에서 진행되고 있음을 고려했을 때, 누군가 눈앞에서 갑자기 죽어 버리고 자기 자신도 곧 죽임을 당할 처지인 이런 순간에 자기 입에서 무슨 말이 나오는지 기억하는 사람이 과연 누가 있을까?

그럼에도 불구하고, 밀크맨은 마지막 운명을 앞두고 고모와 자기 자신의 본질을 완전히 이해한다. (고모는 날 수 있는 사람이었다.) 그는 파일러트를 통해 "공기에 몸을 맡기면, 공기를 탈 수 있다는 사실을" 깨닫는다.

1981년, 토니 모리슨은 문학 평론가 토마스 르클레어와의 『뉴리퍼블릭』지 인터뷰에서 자신이 소위 "향촌문학(village literature)"장르에서 전형적인 무법자와 비전형적인 무법자를 어떻게 그려내는지 언급했다.

"저는 작품을 통해 그런 무법자가 누구인지, 누가 어떤 상황에서 어떤 이유로 끝까지 살아남는지, 그들의 공동체 사회와 외부 사회에서 무엇이 합법이고 무법인지 직접 또 간접적으로 이야기합니다." 모리슨은 이렇게 말했다. 소설 밖의 외부 사회와 달리 모리슨의 소설 세계에서는 등장인물들이 누가 살고 누가 죽어야 하는지 직접 결정하는 상황에 종종 맞닥뜨린다.

안톤 체호프가 1889년도에 발표한 단편소설 「내기」는 사형 제도를 주제로 한 이야기 가운데 가장 널리 읽히고, 또 가장 자주 언급되는 소설이다. 소설은 어느 날 밤, 한 부유한 은행가가 친구들을 초대해 파티를 개최하는 장면에서 시작한다. 그 파티에 참석한 친구들 중 대다수는 사형을 반대하며, 사형 제도를 종신형으로 대체하는 것이 더 적절하다고 생각한다.

은행가는 이에 동의하지 않는다. 그는 사형이 종신형보다 더 인간적이라고 생각한다. "사형은 단칼에 죽이지만 종신형은 천천히 죽이는 것입니다."

또 다른 손님은 둘 다 비윤리적인 것이라고 말한다. "국가는 신이 아닙니다. 돌려받고 싶어도 돌려받을 수 없는 생명을 국가가 빼앗을 권리는 없습니다."

이때 스물다섯 살인 젊은 변호사가 대화에 끼어든다. 그는 누가 그에게 사형과 종신형 중에서 하나를 선택하라고 하면 후자를 택하겠다고 한다. "어찌 됐든 사는 게 아예 죽어 없어지는 것보다야 나을 테니까요."

은행가는 변호사의 말이 진심인지 시험해 보기 위해 그에게 거액의 돈을 약속하고 독방에 5년 동안 감금되어 지낼 것을 제안한다. 변호사는 흔쾌히 내기를 받아들이고, 자기가 진지하다는 것을 증명하기 위해 5년 대신 15년으로 기간을 늘린다. 하지만 은행가는 그가 3~4년도 버티지 못할 거라 생각한다. 그는 자발적인 감금이 강제적인 감금보다 더 힘들 거라고 변호사에게 말한다. "언제든 당신이 독방에서 자유롭게 나갈 권리를 갖고 있다는 생각이 감금되어 있는 당신의 존재에 독을 퍼뜨릴 겁니다."

그렇게 그 변호사는 은행가의 집에 감금되는 신세가 된다. 젊은 변호사는 감금 첫 몇 년 동안은 무척 괴로워하지만, 곧 여섯 개의 외국어를 배우고, 문학, 역사, 철학, 신학, 각종 과학을 공부한다.

변호사가 자유를 얻을 날이 다가오자, 은행가는 약속한 돈을 그에게 지불하다가는 자기가 파산한다는 것을 깨닫는다. 그는 변호사를 죽여 버리기로 결심한다. 하지만 그가 결심을 행동으로 옮기기 전, 그는 변호사가 남긴 메모 한 장을 발견한다.

"십오 년 동안 나는 속세의 삶을 치밀하게 연구했다." 변호사는 이렇게 말한다. "내가 땅도 사람들도 못 본 것은 사실이다. 하지만 나는 당신들의 책 속에서 향기로운 술을 마시고, 노래를 부르고, 사슴과 멧돼지를 좇아 숲으로 달려가고, 여인들을 사랑하기도 했다. …… 그대들의 책은 나에게 지혜를 주었다."

여기서 이야기가 끝났다면, 우리는 고독한 삶이—고독한 삶의 선택이 자의든 타의든—우리를 더 현명하게, 강하게, 훌륭하게 만들어 준다는 간단한 교훈을 얻었을 것이다. 하지만 이야기는 여기서 끝나지 않는다.

"그리고 나는 당신들의 모든 책을 경멸한다." 그는 이렇게 덧붙인다. "속세의 모든 행복과 지혜를 경멸한다. 그 모두가 시시하고 무상하며, 신기루처럼 공허하고 기만적이다. 당신들이 아무리 오만하고 현명하고 아름답다 해도, 죽음은 당신들을 마루 밑에 숨어 있는 쥐새끼들처럼 세상 위에서 쓸어가 버릴 것이다. 그리고 당신들의 자손과 역사, 천재들의 불멸의 업적은 꽁꽁 얼어붙어 버리거나 지구와 함께 불타 없어질 것이다."

변호사는 자유를 얻기 불과 몇 시간 전 내기에서 진 채로 그곳을 떠난다. 그는 은행가와의 내기에서 진 게 아니라, 자신과의 내기에서 진 것이다.

「내기」를 풍자소설이나 우화로 볼 수도 있으나(이 소설의 원래 제목은 「요정 이야기」였다), 이 이야기는 종신형과 사형에 대해 우리가 일반적으로 생각하는 쉬운 결론을 따르지 않는다. 대부분의 상황과 비교했을 때 변호사의 감금 환경은 풍족하기 그지없다. 그는 잘 챙겨 먹고, 와인을 마시고, 피아노를 연주하고, 책을 원하는 대로 읽을 수 있다. 뿐만 아니라, 그가 원하는 경우 외출도 가능하다.

이 소설의 핵심은 소위 "감방에 있어도 얼마든지 자유로울 수 있다"는, 즉 몸이 아무리 감금되어 있어도 마음만은 자유로울 수 있다는 일반적인 생각과 대치된다. 아마 체호프가 이야기하고 싶었던 바는 자유도 죽음처럼 다양한 방식으로 정의할 수 있다는 사실이었던 것 같다. 물론 목숨이 살아 있는 한 자유를 성취하는 것은 가능하다. 그럼에도 불구하고, 이 이야기가 전달하고자 하는 바는 오로지 하나다. 이야기에는 보조적인 서브플롯(subplot)이나 주의를 환기하는 다른 사건이 등장하지 않는다. 이야기의 위기, 절정, 결말에 등장하는 인물들도 모두 같다. 은행가의 관심사, 또 독자들의 관심사는 오로지 젊은 변호사의 선택뿐이다.

실제로 사형 선고를 받은 사람들이 자기 이야기를 책으로 펴내는 경우는 그리 많지 않다. 무미아 아부자말은 그 많지 않은 사람들 중에 한 사람으로, 그는 사형수로서 자신의 경험을 수많은 기록으로 남겼다. 그는 필라델피아에서 기자 겸 라디오 진행자로 활동했던 인물로, 30년 가까이의 시간을 사형수 신분으로 살았다.

1981년 어느 날, 무미아의 동생인 윌리엄 쿡이 필라델피아 거리에서 다니엘 포크너라는 경찰에게 잡혀 폭행을 당하는 일이 있었다. 동생의 폭행 현장에 도착한 무미아는 포크너가 쏜 총에 맞았다. 포크너 역시 총에 맞아 치명상을 입었다. 무미아는 자신이 포크너에게 총을 쏜 것이 아니라고 주장하며, 현장에 있었던 제3의 인물이 포크너를 쏘고 도망갔다고 말했다. 하지만 포크너의 유족들과 국립경찰공제조합은 무미아가 포크너를 살해했다고 생각했다.

무미아 아부자말 사건은 미국뿐만 아니라 전 세계적으로 큰 논란의 중심이 되었다. 그는 사형 제도를 포함한 다양한 주제에 대해 해박한 식견을 표했는데, 이는 앞으로 많은 생각과 견해를 통해 우리 사회에 기여할 수 있는 사상가를 사형시켜 버리는 것이 얼마나 우리에게 큰 손실인지 극명하게 보여 주었다. 반면, 포크너의 유족들과 국립경찰공제조합은 무미아의 거침없는 발언이 그들을 조롱하는 동시에 순직한 경찰관의 기억을 더럽힌다고 비난했다.

무미아는 수감생활을 하면서 여러 권의 책을 집필했고, 홈스쿨링부터 테러리즘까지 수많은 주제에 대해 여러 차례 인터뷰에 응했다. 2014년, 그는 구치소 방에서 고더드 칼리지 졸업생들에게 졸업 축사를 하기도 했다. 그는 수감생활 초기 미국 공영라디오의 한 시사 프로그램에 글을 연재했으며, 그때 기고했던 글을 편집해서 1995년에 『사형수의 인생』이라는 책을 출간했다.

그의 책은 "내게 죽음의 그림자의 골짜기에 대해 이야기하지 마시라. 나는 그곳에 살고 있으니까"라는 첫 문장으로 시작된다. 무미아의 책 서두는 꽤 힙합스러운 구석이 있다. 언뜻 보면 카니예 웨스트나, 내가 젊었을 때 유행했던 힙합 그룹 퍼블릭 에너미의 척 디가 쓴 랩 가사처럼 들리기도 한다.

그는 사형수들이 '개장'이라고 불리는 가시철조망이 쳐진 감방에 수감되어 있으며, 하루에 2시간 야외에 나갈 수 있다고 말했다. 그들은 가족이나 친구가 찾아와도 신체적으로 접촉할 수 없었다. 그와 같은 수감동에 있던 한 50세 수감자는 자기 몸에 불을 지르고 자살을 시도했다. 또 다른 수감자는 자기 운명을 받아들이고 사형시켜 줄 것을 요구했다.

그는 미국 사형수들이 희망을 갖기는 어렵다고 말한다. 그들에게는 앞으로 기대할 일이 없고, 이곳을 벗어나는 방법은 오직 죽음뿐이기 때문이다.

무미아는 「영혼의 죽음」이라는 챕터에서 이렇게 말했다. "많은 사람들이 옥중의 '삶'을 주제로 글을 쓰고, 또 이야기했다." 무미아는 이렇게 덧붙였다. "어제가 오늘 같고 내일도 오늘 같은 극도의 지루함과 영혼을 좀먹는 끔찍한 동일함, 성장에 대해 그 어떤 기대도 생각도 불가능한 옥중의 삶은 영혼의 죽음을 부른다."

그는 2011년 12월 사형수 구치소에서 풀려나 일반 구치소로 옮겨졌고, 이후 사형수 구치소에서 함께 지냈던 동료 수감자들에게 편지를 보냈다.

무미아는 편지에서 자신이 경험했던 놀라운 변화들에 대해 언급했는데, 그러한 변화들 중 일부는 안톤 체호프의 「내기」에서 젊은 변호사 경험한 사실, 또 은행가가 목격한 사실과도 유사하다.

"나는 옛날에 선 하나도 못 긋던 사람들이 걸작을 그리는 것을 보았습니다. …… 나는 옛날에는 글자도 못 읽던 사람들이 외국어를 유창하게 하는 것을 보았습니다. …… 나는 뛰어난 아름다움과 기술이 어우러진 작품을 창조하는 스승을 만났습니다. …… 여러분은 다른 사람들이 생각하는 여러분의 모습보다 훨씬 나은 사람들입니다. 여러분 모두의 내면에는 무한한 불꽃이 타오르고 있습니다."

알베르 카뮈는 「단두대에 대한 성찰」에서 대부분의 사람들이 사형 제도에 대해 완곡하게 돌려서 표현한다고 말했다. 과거에 암에 대해 속삭이며 말했듯이, 이제는 사형 제도에 대해 속삭이며 말한다는 것이다. 카뮈는 사형 제도가 사람들의 죽음에 대한 본능을 자극해 정말 범죄를 억제하는 효과가 있다면, 지금도 광장에서 처형이 이루어지고, 텔레비전에서 생방송으로 중계를 하고, 적어도 신문기사에서 자세하게 처형 장면을 묘사하지 않겠느냐고 주장했다. 그는 단두대 처형 장면을 직접 본 의사 두 명의 목격담을 다음과 같이 인용했다.

"절단된 경동맥에서 피가 빠르게 흘러나와 곧 응고된다. 근육은 수축된다. 수축되는 그 광경은 경악을 금치 못할 정도다. 창자가 꿈틀대고 심장이 불규칙하고 불완전하게 요동치는 모양을 보면 끔찍할 지경이다. 어느 순간 입이 실룩거리며 가히 소름을 돋게 한다. 잘린 머리의 두 눈은 동공이 팽창된 채 아무 움직임도 보이지 않고 정지되어 있다. 다행인 것은 그 눈이 아무것도 보지 못한다는 것이다. 눈은 아무런 움직임도 없이 뿌옇게, 시체의 단백광도 없이, 그저 멈추어 있다. 두 눈이 투명한 것으로 보아서는 살아 있는 것 같지만 움직임이 없으니 죽은 것이다."

카뮈는 머리가 몸에서 잘려나간 뒤에도 시체의 볼이 붉게 물드는 모습 등 단두대 처형의 여러 가지 실상에 대해 묘사했다. 어떤 처형자는 목이 잘려나간 직후 누가 자기 이름을 부르자 대답을 했다는 이야기도 있고, 머리는 금방 죽어 버렸지만 몸은 20분 후 땅에 묻힐 때까지도 덜덜 떨고 있더라는 이야기도 있었다. 카뮈는 이 모든 것─사형에 대해 숨기듯 말하는 것, 과장해서 말하는 것, 정확한 의학적 디테일을 설명하는 것, 또 사형 제도 자체를 만들어 낸 것─이 죽음에 대한 우리의 일반적이고 공통적인 공포에 기인한다고 설명했다.

어떤 사람들은 자기가 죽는 것이 너무도 두려운 나머지 다른 사람에게 사형을 선고하고, 그들을 최고의 형벌인 사형에 처한다. 바로 이러한 이유 때문에 죽음을 두려워하지 않는 사형수─대중들 앞에서 눈물 흘리지 않는 자, 전기의자를 앞에 두고도 벌벌 떨지 않는 자, 눈가리개를 거부하는 자, 총살대 앞에 서서 자비를 구하지 않는 자, 목에 올가미가 둘러지는 순간 미소 짓는 자, 성직자들의 마지막 의식을 거부하는 자, 화형대에 불이 붙고 불길이 몸을 휘감는 순간 웃음을 터뜨리는 자─들이 이단자, 구제불능의 범죄자, 지옥에 떨어질 죄인으로 여겨지는 것이다.

알베르 카뮈의 『이방인』의 히어로 (또는 안티히어로) 뫼르소가 바로 이런 유에 속한다. 그는 살인죄로 사형을 선고받은 뒤, 어차피 모든 사람은 사형 선고를 받은 운명이며, 언젠가 죽을 수밖에 없다는 것을 깨닫는다. 그는 죽음에 대한 두려움을 거부하지 않는다. 그는 그 두려움을 순순히 받아들인다.

"결국, 서른 살에 죽든 칠순에 죽든 별로 다르지 않다는 것을 나도 모르는 바는 아니었다." 뫼르소는 이렇게 생각한다. "어찌 되었든 내가 죽고 나면 다른 남자들, 다른 여자들이 이 세상을 살아갈 것이고 여러 천 년 그럴 것이니까 말이다. 사실 이것보다 더 분명한 것은 없다. 지금이건 이십 년 후건 죽게 될 사람은 바로 나다."

카뮈는 「단두대에 대한 성찰」에서 뫼르소보다 조금 더 희망적인 이야기로 끝맺는다. 그는 이렇게 말했다. "죽음이 불법이 되지 않는 한 사람들의 마음속에, 사회의 관습에 영원한 평화는 없을 것이다."

죽음의 문턱에서

나는 1분, 아니 1초 후에 내 인생이 완전히 달라졌을지도 모를, 또는 이 세상을 떠나게 됐을지도 모를 죽을 뻔한 순간을 여러 번 경험했다. 하지만 사람들이 일반적으로 이야기하는 임사 상태, 즉 영혼이 몸에서 빠져나와 감각이 예민해진 상태로 천장이나 더 높은 공기 중에서 떠도는 유체이탈의 경험을 해보지는 않았다. 터널 속을 지나가거나, 엄청나게 밝은 빛이 나타난다든가 하는 것도 실제로 경험해 본 적은 없다. 살면서 경험했던 모든 일이 눈앞에 "주마등"처럼 빠르게 스쳐지나가는 경험도 해보지 않았다. 나는 죽음의 문턱을 넘을 뻔했다가 다시 살아 돌아오는 기분, 순간적이나마 죽음이 가까이에 있다는 것을 실감하는 기분이 어떤 것인지 모른다.

나는 20대 중반 무렵 첫 자동차를 구입했다. 그 자동차는 아버지의 친구 분이 타던 차로, 이미 수십 킬로미터를 달린 중고차였다. 나는 운전을 좋아하지도 않았을뿐더러 운전 실력도 형편없었는데, 그런 내게 고물에 가까운 중고는 첫 차로 좋은 선택이 아니었다. 그러던 어느 날 뉴욕 뉴로셸의 번잡한 도로를 지나가던 중, 이 문제의 차가 갑자기 제멋대로 돌더니 반대편 차선에 있는 쓰레기차로 돌진하기 시작했다. 내 차는 쓰레기차를 고작 몇 센티미터 남겨두고 기적적으로 멈췄다. 만약 내 차가 쓰레기차를 들이받았더라면, 나는 그때 죽었을 수도 있다.

몇 년 전, 로어 맨해튼에 있는 친구의 아파트에 찾아갔을 때의 일이었다. 그곳에는 계단을 한 층 올라가야 아파트의 출입문이 있었는데, 나는 그 계단 위의 층계참에 서 있었다. 며칠 전 눈이 왔다가 날이 따뜻해져 눈이 녹고, 다시 추워져 눈이 얼어버리는 바람에 계단과 계단 아래에 있는 콘크리트 바닥에 검은 얼음이 쫙 깔려 있었다. 나는 계단을 등진 채 층계참에 서서 대문을 내 쪽으로 힘주어 당겼는데, 순간 발이 미끄러지는 듯한 느낌이 들었다. 갑자기 공중을 날아가는 듯했고, 나는 양팔을 마구 버둥거렸다. 나는 다행히도 콘크리트 바닥으로 떨어지기 전 계단 손잡이를 잡을 수 있었다. 만약 그때 뒤로 나자빠져 콘크리트 바닥에 머리를 찧었다면, 못해도 뇌사 상태에 빠졌을 것이다.

어머니가 세상을 떠난 지 얼마 되지 않았을 무렵, 나는 남편이 운전하는 차의 조수석에 앉아 휴대전화를 보고 있었다. 휴대전화에서 눈을 떼 고개를 든 순간, 나는 그가 고속도로 진입로에서 실수로 반대편 차선에 들어갔다는 것을 알아차렸다. 만약 도로 반대편에서 빠른 속도로 차들이 달려오고 있었더라면, 우리는 그 자리에서 죽었을 터였다. 나는 이 죽을 뻔했던 순간을 계기로 나와 내 주변 사람들이 죽음의 문턱을 넘을 뻔했던 과거의 여러 경험들을 상기했다. 어떤 경험은 순식간에 지나가 버려 죽을 뻔했다는 것조차 알아차리지 못하지만, 또 다른 경험은 강렬한 인상을 남겨 삶에 대한 우리의 사고방식을 바꾸고 죽음이 늘 우리 가까이에 있다는 사실을 깨닫게 만든다.

이런 이야기를 들은 내 친구들 중 한 명은 유튜브에서 "죽을 뻔한 사람들" 동영상 링크를 찾아 내게 종종 보내 주곤 한다. 그 동영상에는 자동차, 버스, 기차들이 쏜살같이 지나가는 길을 겁도 없이 건너면서 신기하게 털끝 하나 다치지 않는 사람들이 등장한다. 위험천만한 상황이지만, 아무도 다치거나 죽지 않는다. 혹시 죽음을 물리치는 투명한 보호막이 그들을 덮고 있는 게 아닐까 싶을 정도다. 내 어머니라면 그들을 두고 이렇게 말했을 것이다. "아직 갈 때가 안 된 게지."

나는 죽을 뻔한 순간이 과연 내게 몇 번이나 있었는지 세어 보고 싶었다. (경찰 추격 현장 한가운데 있었던 일, 익사할 뻔한 일,

총기사고 범인이 쏜 총알을 가까스로 피한 일 등, 여러 일들이 더 있었다.) 하지만 겁도 났다. 이런 일에 쓸데없이 신경 쓰느라 오히려 생기지도 않을 일이 생기면 어쩌지? 얼마나 자주 이런 일이 생기는지 알게 되면 아예 집 밖을 벗어나기가 두려워지는 건 아닐까? 집에 있는 건 과연 안전한지 의심이 들면 어쩌지? 안 그래도 플로리다에서 깊이 15미터의 싱크홀이 갑자기 생겨나 주택이 매몰되는 사고가 있었다.

한번은 소형 프로펠러 비행기를 탔는데 내 옆자리에 앉은 여자가 비행기가 착륙하자마자 큰 소리로 하느님께 감사 기도를 올린 적도 있었다. 그 여자는 비행기가 이륙하기 전에도 한 승객이 친구와 함께 앉고 싶다며 좌석 변경을 부탁하자 그의 부탁을 거절했다.

"제자리에 앉아 있어야 비행기 추락사고가 나면 신원을 제대로 파악할 수 있어요." 그녀는 주위 사람들이 다 들을 정도로 큰 소리로, 하지만 정중하게 대답했다. 나중에 알게 된 바로는 최근 소형 프로펠러 비행기 추락사고가 전 세계 여러 곳에서 발생했다고 하니, 그녀가 무서워했던 것도 무리는 아니었다. 그녀에게는 매일같은 비행기 탑승이 죽음의 고비를 넘는 사건, 살아남았다는 사실에 감사해야 할 사건이었던 것이다. 그녀는 비행기가 안전하게 착륙하고, 우리가 비행기에서 무사히 내려 제 갈 길로 갈 수 있다는 사실을 믿지 못했다.

그녀의 생각이 틀린 건 아니다. 사실, 대부분의 끔찍한 참사들이 아주 평범한 어느 날 갑자기 발생하곤 하지 않는가? 존 디디온이 자신의 회고록 『상실』에서 "평범한 순간"이라고 했던 바로 그런 순간에 말이다. 그녀는 이 회고록을 통해 심장마비로 인한 남편의 갑작스러운 죽음과 죽음을 글로써 기록하는 과정에 대해 이야기했다.

"갑작스러운 재난이 들이닥치면 우리는 이 상상도 못했던 일이 벌어지기 조금 전까지 모든 상황이 얼마나 평범했는지 돌아보게 된다." 그녀는 이렇게 말했다. "비행기가 맑고 파란 하늘을 날다 추락했다든지, 일상적인 업무를 보러가던 중 자동차가 갓길에 처박혀 불길에 휩싸인다든지 하는 식으로 말이다."

사형 선고를 받은 경우를 제외한 거의 모든 사람들은 자기가 언제 어디서 죽음을 맞게 될지 알지 못한다. 평범함 속에 갑자기 찾아오는 죽음은 느닷없고, 극히 이례적인 사건처럼 느껴진다. 누군가 죽음을 맞는 순간 이례적인 상황에 있었다 해도—가령 결혼식을 올리고 있었다거나, 출산 중이었다거나, 에베레스트 산 등정에 성공했다거나—죽지 않았더라면 특별하게 기억될 수도 있었을 일마저 죽음 앞에서는 무색해지고 만다. 죽음은 언제나 무대의 스포트라이트를 원한다. 이는 어쩔 수 없다. 단, 죽음이 모든 무대의 스포트라이트를 차지하는 것은 아니다. 사실, 죽음은 스스로 죽음에 대해 이야기할 수 없다. 죽음에 대해 이야기할 수 있는 것은 살아 있는 우리들뿐이다.

남편이 세상을 떠난 뒤 디디온은 가장 먼저 이렇게 말했다. **인생은 한 순간에 달라진다. 평범한 한 순간에.**

뉴욕의 2001년 9월 11일도 평범한 날이었다——테러가 발생하기 직전까지는 말이다. 포르토프랭스의 2010년 1월 10일도, 고베의 1995년 1월 17일도 마찬가지로 평범한 날이었다.

어머니는 수년 동안 이렇게 말하곤 했다. "Nou tout a p mache ak sèkèy nou anba bra nou." 번역하면 "우리는 매일 같이 관을 지고 다닌다." 또는 "우리는 끊임없이 죽음을 속이고 있다"는 뜻으로, 의사나 간호사들이 고통스러운 암 진단테스트나 화학요법 치료를 진행하면서 어머니에게 다 잘될 거니 걱정하지 말라고 안심시키면 어머니는 내게 저 말을 통역해 달라고 부탁했다. "우리의 삶 한가운데도 죽음이 있다"는 뜻의 라틴어 "Media vita in morte sumus"도 적당한 번역일 것 같다.

프랑스의 수필가 미셸 드 몽테뉴는 직접 임사 체험을 하기 전까지 죽음을 꽤 두려워했던 것으로 보인다. 어느 날, 몽테뉴는 말을 타다가 다른 기수와 부딪히는 바람에 낙마사고를 당했다. 말에서 굴러 떨어진 뒤 수 시간동안 의식 불명 상태가 된 그는 이렇게 죽어가는 것이라 생각했다. 하지만 의식을 되찾고 회복하면서, 몽테뉴는 죽음이 그렇게 나쁜 것만은 아님을 깨달았다. 어떤 고통이나 공포심도 느끼지 않았기 때문이다. 그에게 가장 참기 힘들었던 것은 살아 있는 상태로 죽음을 느끼는 삶과 죽음의 경계, 즉 림보 상태였다.

"나는 영혼이 생생하게 고통 받고 있는 것을 표현조차 할 수 없는 처지만큼 견딜 수 없고 두려운 상태를 상상해 볼 수가 없다." 몽테뉴는 「실천에 대하여」라는 제목의 수필에서 자신의 임사 체험에 대해 이렇게 이야기했다.

임사 체험을 주제로 한 수많은 이야기, 경험담, 소설이 존재하는 이유가 바로 이 때문인지도 모른다. 작가들은 글을 통해 삶과 죽음 사이를 떠도는 육체 안에 갇힌 기분을 탐구하기 위해 노력한다. 의학적으로 삶과 죽음의 갈림길, 즉 연옥이나 다름없는 상태일 때 어떤 형용할 수 없는 공허감이 느껴지는지 작가들은 상상할 것도 많고 투사할 것도 많다.

"시인들은 이렇게 쇠잔하는 죽음을 질질 끄는 것에서 벗어나게 해주는 신들을 가장하기도 한다." 몽테뉴는 이렇게 말했다. 여기서 그가 언급하는 신은 죽은 가족이나 친지, 하느님, 천사, 수호정령 등 다양한 모습으로 나타나는데, 이 신은 우리에게 이승에 남을 것인지 저승으로 갈 것인지의 선택권을 준다. 『신곡: 지옥편』을 쓴 단테처럼, 일부 작가들은 독자들에게 지옥의 여러 단계를 보여 줌으로써 지옥에 대한 두려움을 주는 동시에, 독자들이 과거의 죄를 씻어 내고 더 친절하고 지혜로운 사람으로 거듭날 수 있는 기회를 부여하기도 한다.

의사들은 이러한 임사 체험의 비전과 환영이 신경 화학적 작용에 불과하다고 설명한다. 하지만 대부분의 사람들은 임사 체험이나 반사(half dead) 체험이 단순 환각이 아닌 현실이길 바라는데, 이는 임사 상태에서 깨어나는 것이 두 번째 삶의 기회를 뜻하기 때문이다. 또, 우리가 사랑하는 사람들이 죽음의 문턱을 넘지 않고 너무 늦기 전에 이승으로 돌아왔다는 사실을 반기기 때문이기도 하다. "어두운 밤을 순순히 받아들이지 마십시오./죽어가는 빛에 분노하고 또 분노하십시오."

임사 상태에 대한 글쓰기는 죽음이 근접해 있으되 삶이 여전히 가능성으로 남아 있는 특별한 공간을 탐색하는 작업이다. 우리는 삶을 경험하고, 이 삶의 끝에는 죽음이 있다는 것을 알지만, 임사 상태를 경험한다는 것은 대부분의 사람들이 경험하지 못하는 특별한 기회다. 죽음의 문턱에서 살아 돌아온 사람들은 임사 경험을 종교적인 체험으로 생각한다. 죄책감을 느끼거나, 차라리 죽길 바랐다고 말하는 사람들도 있다. 비록 초자연적인 존재가 개입하거나 운명, 또는 신앙 덕분에 살아날 수 있었더라도 말이다. 그들의 삶에는 단순한 존재 이상의 위대한 의미가 있어야 한다. 아니, 꼭 의미여야만 할까? 그들에게는 생전에 완수해야 할 더 큰 임무, 더 좋은 일, 더 사랑하고 애도해 줄 사람이 있을지도 모른다.

마이클 온다체의 『잉글리시 페이션트』는 이 "죽음의 문턱"을 가장 인상 깊게 묘사한 책이다. 비록 전형적인 임사 체험을 다룬 이야기는 아니지만, 이 소설은 가까스로 죽음의 문턱을 넘은 한 남자가 자신이 사랑했던 여인을 평생 그리워하며 살아가는 내용을 그리고 있다. 제2차 세계대전 말기, 극심한 화상으로 인해 신분 확인이 어려워 '영국인 환자'로만 불리는 주인공 알마시는 (그는 실제로 헝가리인이다) 이탈리아에 있는 한 빌라로 이송되어 그곳에서 젊은 간호사 해나의 간호를 받는다. 그는 빌라에 입원해 있으면서 자신이 과거에 북아프리카 사막을 탐험하면서 지도를 만들 때 만나 사랑에 빠졌던 유부녀 캐서린을 끊임없이 생각한다.

『잉글리시 페이션트』는 전쟁 소설이자 전후 소설이기도 하다. 비록 전쟁은 지나갔으나, 소설 속 등장인물들은 늘 갑작스러운 죽음의 가능성을 안고 산다. 특히, 독일군이 철수하면서 남겨두고 간 폭탄과 지뢰로 인한 죽음이 언제나 그들을 기다리고 있다. 지뢰 제거 임무를 맡은 시크족 장교이자 해나의 연인인 킵은 다리 밑, 조각상 내부, 심지어 피아노에 숨겨진 폭탄까지도 찾아 제거해야 한다.

킵은 늘 죽음의 그림자 안에서 살고 있다. 그가 하는 일은 지뢰 제거를 안 해본 사람이 시도하다간 10주 만에 죽을 수도 있는 일이다. 해나 역시 종군 간호사로서 수많은 죽음을 목격했다. 해나는 킵이 지뢰밭의 폭탄을 해체하는 것을 도운 뒤, 갑자기 주저앉아 이렇게 이야기한다.

"이렇게 죽는구나 싶었어요. 난 죽고 싶었어요. 나는 이렇게 당신과 함께 죽는구나 생각했어요. 나처럼 젊은 당신과 함께요. 나는 작년에 내 옆에서 죽어가는 수많은 사람들을 보았어요. 그때는 두렵지 않았어요. 지금처럼 그렇게 용감하지가 않았죠. 나는 이렇게 생각했어요. 우리가 죽기 전 여기 풀밭 위에 있는 이 빌라에, 당신을 내 품에 안고 이곳에 함께 누웠어야 한다고요."

숨 쉴 틈 없이 쏟아지는 그녀의 고백은 언제나 감동을 준다. 이 대목에는 짧은 문장과 긴 문장이 교차하고, "죽는다"는 단어가 의도적으로 반복, 변형됨으로써 죽음이 더욱 강조된다. 나는 문득 이런 생각이 들었다. 나는 죽을 때 누구와 함께 있고 싶은가? 누가 내 품에 안겨 죽었으면 좋겠는가? 또는 내가 누구의 품에 안겨 죽었으면 좋겠는가?

당연히 남편의 품이면 좋겠다고 생각했다.

하지만 세상을 떠날 때 두 딸이 옆에 있어 주면 좋을지에 대해서는 다소 망설여졌다. 과연 내 딸들이 그 기억을 평생 안고 살아갈 수 있을까? 죽어 가는 나를 안아 줄 수 있을까?

우리는 해나의 고백에서 섹스와 죽음의 밀접한 관련성도 엿볼 수 있다. 프랑스에서는 오르가슴을 라 쁘띠 모르(la petite mort), 즉 "작은 죽음"이라고 부르는데, 이는 프로이드가 말한 "죽음 충동"과 대치되는 개념이다. 죽음을 가까스로 피한 해나와 킵에게 섹스는 라 그랑 모르(la grande mort), 즉 "커다란 죽음"을 모면하는 수단이자, 프로이드가 이야기한 '어느 누구도 자기 자신의 죽음을 믿지 않으며 자신의 죽음을 상상하지 못한다'는 주장에 반하는 증거다. (하지만 나는 어머니의 죽음을 겪은 뒤 내 자신의 죽음도 충분히 상상할 수 있게 됐다.) 해나와 킵은 결코 죽음을 피할 수 없다. 두 사람은 그들을 둘러싼 황량한 풍경에서, 또 죽어가는 동료와 친구들의 얼굴에서 매일같이 죽음을 마주한다.

"그가 상상하는 모습을 그림으로 그렸다면 아마 두 사람이 껴안고 누워 있는 들판에는 불이 붙어 있을 것이다." 그는 해나가 자신의 품에 안겨 잠든 모습을 바라보며 이렇게 생각한다.

하지만 킵과 해나는 살아남는다. 비록 다른 친구들은 세상을 떠났지만, '영국인 환자' 역시 살아남는다. 하지만 내적인 전쟁과 외적인 전쟁에서 살아남은 자에게는 언제나 그림자가 따른다. 알마시는 이를 모국어인 헝가리어로 펠호말리(félhomály), 즉 "반쯤 깔린 어둠"으로 묘사한다. 『솔로몬의 노래』의 밀크맨과 파일러트는 이를 "황혼"으로, 프랑스인들은 뢰르 블루

(l'heure bleue), 즉 "푸른 시간"이라고 부른다. 그것은 박명의 어스름일 수도, 존 디디온이 회고록 『푸른 밤』에서 "어느 갠 날 사르트르 대성당의 스테인드 글라스의 푸른색"으로 부른 것일 수도, 마이클 온다체가 이야기한 "무덤의 황혼"일 수도 있다. (존 디디온의 『푸른 밤』은 남편이 죽은 지 20개월 만에 급성췌장염으로 세상을 떠나 버린 딸에 대한 이야기다.)

이처럼 슬픔으로 채워진 황혼은 삶과 죽음을 연결하는 다리 역할을 한다. 황혼이란 우리가 분노하고 또 분노하는 바로 그 빛의 죽음이요, 해가 완전히 넘어간 것도 아니고 어둠이 완전히 내려앉은 것도 아닌 종말의 서막이자 곧 죽음이 지배하게 될 빛의 죽음이다. 디디온은 황혼을 빛의 "소멸"이라 표현했는데, 이런 의미에서 황혼이 가장 성스러운 장소——사르트르 대성당, 포르토프랭스의 노트르담 대성당처럼 잘 알려진 성지보다 더 성스러운 장소—— 에 오래 머무르는 것은 지극히 당연한 현상이다.

알마시는 이렇게 말한다. 어떤 장소가 성스러운 까닭은 다른 사람들이 그 장소를 성스럽다고 이야기했기 때문에 그런 것이 아니라, 우리가 그곳이 성스러운 장소이길 바라기 때문이라고. 우리가 사랑했던 사람이 죽은 장소는 저주받은 장소가 되듯이, 우리가 사랑하는 사람과 함께했던 장소는 성스러운 장소가 되기도 한다.

"성스러운 장소에서 죽는 건 중요합니다." 알마시는 소설 마지막에서 이렇게 생각한다. 비록 우리들 자신이 성스러운 장소, 움직이는 대성당, 기억의 무덤이 되어야 할 때도 있긴 하지만 말이다.

돌고 도는 슬픔

작가 조라 닐 허스턴은 어렸을 때 그리스 신화에 나오는 거인 안타이오스 이야기를 좋아했다고 말한 바 있다. 안타이오스는 바다의 신 포세이돈과 대지의 여신 가이아 사이에서 태어난 아들로, 그는 땅에 발을 딛고 있는 한 모든 레슬링 경기를 이길 수 있는 힘을 갖고 있었다. 안타이오스를 이긴 자는 헤라클레스가 유일했는데, 헤라클레스는 꾀를 써서 안타이오스가 힘을 다 잃

• 출처: As "A Voice from Heaven" in *The Good Book: Writers Reflect on Favorite Bible Passages* (Simon & Schuster, 2015)

As "Travel Dust and the Magical Tracks of Zora Neale Hurston" in *Zora Magazine*, January 2016

As "Prayer Before Dying" in *PEN America: A Journal for Writers and Readers*, issue 19

어버릴 때까지 그의 두 발이 땅에 닿지 못하게 만들었다.

어린 조라 허스턴은 안타이오스의 강점과 약점에 흥미를 느꼈던 것 같다. 그녀는 신화에 나오는 인물조차 땅에 붙어 있으면 힘이 생기고 땅에서 떨어지면 힘을 잃는다는 생각에 매료되었던 것 같다. 그녀는 땅에서 떨어지는 순간 패배, 나아가 죽음을 맞을 수도 있다는 생각에 두려움을 느꼈을지 모른다.

허스턴은 어렸을 때 집 밖을 나돌아 다니는 것을 무척 좋아했다. 한번은 그녀의 어머니 루시 허스턴 부인이 이웃 중에 누군가 집 문 앞에 "방랑의 마법가루"를 뿌려놓고 간 게 아니냐고 이야기할 정도였다.

그녀는 자서전『길 위의 먼지 자국』에서 이렇게 말했다. "어머니는 자식들이 밖에 안 나가고 집에 있는 걸 더 좋아했다." 그럼에도 불구하고, 이 고집스러운 어머니는 여덟 명의 자식들에게 "태양을 향해 뛰라"고 이야기했다. 비록 태양에 가닿지는 못하더라도, 적어도 이 땅에서 두 발을 뗄 수는 있다는 게 어머니의 이야기였다.

땅에서 두 발을 떼면 안 된다는 안타이오스 이야기와 땅에서 두 발을 떼라는 어머니의 충고는 분명 어린 허스턴에게 불협화음이었을 것이다. 그러던 그녀는 열세 살이 되던 해 어머니의 갑작스러운 죽음을 경험한다. 허스턴이 어렸을 때, 남아프리카계 미국인들은 누군가의 죽음이 가까워 오거나 누군가가 세상을 떠나는 경우 아프리카 풍습에 따라 아름다운 의식을 치르곤 했다.

허스턴이 살았던 마을에서는 사람이 마지막 숨을 거두기 전 머리 아래 받쳐 둔 베개를 빼서 그가 저승으로 떠나는 길을 편하게 만들어 주었다. 또 방에 있는 시계와 거울을 모두 덮어 두었는데, 이는 시간의 흐름을 정지시키고 이승을 떠나는 영혼이 거울 속에 비친 자기 모습을 바라보며 그 자리에 머물고 마는 불상사를 막기 위해서였다.

허스턴의 어머니는 죽기 전 허스턴에게 자기 머리 아래 받쳐 둔 베개를 빼지 말라고 당부했다. 또 방 안에 있는 시계와 거울을 덮어두지 말라고 했다. 하지만 사람들은 죽을 때 해가 뜨는 동쪽 방향을 바라봐야 한다는 또 다른 풍습에 따라 그녀 어머니의 침대 방향을 돌려놓았다.

"사람들이 어머니의 침대를 돌려놓자 어머니가 나를 바라보는 것 같았다." 허스턴은 이렇게 말했다. "어머니는 입을 살짝 열었으나, 숨 쉬는 것만으로도 힘에 부쳤는지 아무런 말도 하지 못했다. 그냥 내 느낌이었는지 모르겠지만, 어머니는 뭔가를 부탁하고 싶은 눈빛으로 나를 쳐다보았다. 어머니는 내가 목소리를 내 주기를 바랐다."

그렇게 죽음을 개인화하고 신화화한 목소리가 만들어졌다. 열세 살의 어린 허스턴은 죽음을 이해하기 위해 죽음에 대한 이야기를 만들어 냈다. 우리들 역시 허스턴과 마찬가지로 우리가 사랑하는 사람이 죽으면—특히 우리의 어머니가 죽으면—죽음에 대해 이야기한다. 허스턴의 『길 위의 먼지 자국』, 시몬 드 보부아르의 『아주 편안한 죽음』, 메리 고든의 『어머니에 대하여』 등 어머니의 죽음을 경험한 딸들이 쓴 소위 "회고록"이라는 문학 장르를 보면, 우리 모두의 어머니가 사실은 동일한 가공인물이 아닌가 싶을 정도다. 어떤 이들은 어머니에 대해 직접적이고, 유머러스하게 이야기한다. 또 어떤 이들은 어머니에 대해 사려 깊게, 호기심을 갖고, 감상적이게, 비통하게, 빈정대듯이, 또는 이 모든 것을 종합해서 이야기한다. 이야기하는 방식은 모두 달라도 우리 모두에게는 어머니를 잃었다는 공통점과, 우리 곁에 남아 있는 글을 통해 죽음이라는 불가사의한 대상을 이해하고자 한다는 또 다른 공통점이 존재한다.

우리는 어머니의 죽음과 어머니의 삶에 대해, 또 어머니의 삶과 우리의 삶이 비록 눈에 보이지는 않아도 어떻게 연결되어 있는지 탐구한다. 우리는 책, 옷, 이야기 등 다양한 매개체를 통해 우리가 어머니와 어떻게 연결되어 있는지 이야기한다. 뿐만 아니라, 우리는 어머니와의 단절에 대해 이야기한다. 또 어머니를 어머니로만 바라보는 데 그치지 않고, 우리가 아직 태어나지도 않았던 시절의 한 사람, 연인, 여인으로서의 어머니를 이야기한다. 비록 마지막을 앞둔 지금의 어머니는 우리와 떼려야 뗄 수 없는 존재지만 말이다. 비록 죽음을 어찌할 수는 없어도, 우리는 글쓰기를 통해 이 모든 것이 더 쉽게 받아들여지길 희망한다. 다른 사람들의 회고록을 읽을 때면, 나는 그들의 어머니가 내 어머니가 되는 것을 느낀다.

그들의 회고록과 내 이야기에 다른 점이 있다면——이야기의 디테일을 제외하면——어머니들이 겪었던 고통이 저마다 차이가 있다는 것이다. 내 어머니는 난소암 판정을 받은 지 6개월 만에 큰 고통 없이 세상을 떠났다. 이는 어머니가 원했던 바였다. 어머니는 자동차 사고나 심장마비 등 갑작스레 세상을 떠난 사람의 장례식을 다녀오면, 오랜 투병으로 죽음을 질질 끄는 것도 싫지만 이렇게 갑작스러운 죽음을 맞는 것도 싫다고 늘 내게 얘기하곤 했다. 어머니가 원했던 것은 딱 그 중간, 즉 주변을 정리하고 해야 할 일을 끝낸 뒤 세상을 떠날 수 있을 정도의 여유를 원했다. 어머니는 소원을 성취한 셈이다. 모든 사람들이 다 그렇게 할 수 있는 건 아니니 말이다.

"조물주는 늙은 죽음이라는 존재를 만들었다." 허스턴은 어머니가 세상을 떠난 날을 이렇게 회상한다. "조물주는 죽음에게 커다랗고 부드러운 발과 네모난 발가락을 주었다. 또 그에게 세상 모든 것의 얼굴을 비추는 얼굴을 주었다."

우리가 세상에 태어난 날, 우리 어머니들의 얼굴은 세상 모든 것을 비춘다. 갓 태어난 우리를 처음 품에 안은 순간, 또는 우리 입에 젖을 물려 주는 그 짧은 순간 어머니들은 우리에게 세상의 전부다.

"엄마가 해 질 녘 세상을 떠나는 순간 이 세상은 달라졌다." 허스턴은 이렇게 말했다. "엄마의 몸과 마음으로 만들어진 그 세상 말이다."

어머니의 죽음 이후 방랑의 마법가루가 되살아난 허스턴은 세상 곳곳을 여행하기 시작했고, 그녀는 어머니의 영혼이 그녀가 가는 곳마다 따라다니고 있음을 깨달았다. 그녀는 어머니가 세상을 떠나기 전 그녀에게 부탁했던 약속, 즉 베개를 그대로 두고 방 안의 시계와 거울을 덮어두지 말라는 약속을 지키지 못했던 것에 평생 죄책감을 느꼈다.

그녀는 안타이오스 이야기 말고도 그리스 신화의 페르세포네 이야기를 좋아했다. 페르세포네는 봄의 여신이자 지하세계의 여왕이다. 그녀가 저승의 신 하데스에게 납치당해 지하세계로 끌려가자, 페르세포네의 어머니이자 대지의 여신인 데메테르는 깊은 슬픔에 잠겨 풀과 꽃들의 생명을 돌봐야 할 책임을 유기했고, 그 결과 지상의 땅은 바짝 말라 버렸다. 하지만 페르세포네가 지하세계에서 돌아오자, 데메테르는 다시 행복해져 세상에는 다시 꽃이 피기 시작했다. 허스턴은 어머니를 일종의 페르세포네로 생각하여 어머니가 세상을 떠나자 세상이 죽는 것 같다고 생각했을지 모른다. 토니 모리슨은 이런 슬픔을 『술라』에서 이렇게 표현했다. 꼭대기도 없고 바닥도 없고 "그저 원을 그리며 돌고 도는 슬픔뿐"이라고.

내 어머니는 세상을 떠나기 일 년 전부터 체중이 줄기 시작했다. 어머니는 달고 기름진 음식을 끊고, 약초방에서 소화 활동을 돕기 위한 약과 약초를 사다 먹기 시작했다. 또 석 달에 한 번씩 뉴욕에 있는 주치의를 보러 갔다.

이때만 해도 좋은 식습관 덕에 체중이 줄어든 것처럼 보였다. 당시 어머니는 아이 둘을 출산하고 체중이 불어 버린 나보다도 몸무게가 덜 나갔다. 하지만 문제가 하나 있었으니, 쪼그라든 그 몸 안에 마치 번개 구름이라도 들어 있는 것처럼 시종일관 트림을 했다는 거였다.

크리스마스 며칠 전, 나는 어머니에게 마이애미에 있는 우리 집에 와서 명절을 함께 보내자고 권했다. 어머니는 처음에는 싫다고 했다. 크리스마스 3일 뒤가 어머니 생일이었는데, 생일은 브루클린 집에서 보내고 싶다고 했다. 하지만 어머니는 크리스마스 직전 마음을 바꿔 마이애미에 왔다.

크리스마스 날, 어머니는 직접 진수성찬을 준비하고는, 정작 당신은 조금밖에 먹지 않았다. 3일 뒤 생일에는 어머니가 좋아하는 아이티 음식점에서 저녁 식사를 했으나 어머니는 크리스마스 날보다 더 적게 먹었다.

1월 1일이 지나자마자 나는 어머니와 함께 내 친구이자 내과

의사인 로즈-메이를 찾아갔다. 나는 그녀가 어머니의 복부를 만지자마자 표정이 바뀌는 것을 눈치챘다. 어머니는 체중 감소에도 불구하고, 복부가 전보다 두 배는 더 커져 있었다. 로즈-메이는 내 손을 잡고 어머니의 툭 튀어나온 배꼽 부근을 만졌는데, 마치 맨질맨질한 자갈이 손에 닿는 기분이었다.

로즈-메이는 어머니가 받아야 할 검사 목록을 곧바로 적어주었다. 검사 하나를 끝내면 더 복잡한 다른 검사가 기다리고 있었다. 어머니와 나는 몸에 병이 없다는 것을 증명하려고 검사하는 게 아니라, 얼마나 심각한 병인지 알아내려고 검사를 한다는 사실을 깨달았다.

꽤 오랫동안, 나는 종양이나 암이라는 말 대신 '덩어리'라는 말을 사용했다. 그러나 검사 결과가 나온 뒤, 어머니에게 암 진행 상태에 대해 설명하던 로즈-메이는 암이 언제나 '덩어리'가 아니라, 가끔은 장기를 덮고 있거나 사슬처럼 감싸고 있는 형태도 있다고 말했다. 그리고 암 조직을 완전히 제거하지 못하고 최소한으로 만드는 것만 가능한 경우도 있다고 했다. 나는 어머니가 울 것이라고 생각했으나, 어머니는 울지 않았다. 어머니는 로즈-메이의 말을 경청하며 고개를 끄덕였다. 아무런 공포나 두려움의 기색도 보이지 않고 그저 조용히 앉아 있을 뿐이었다.

어머니와 나는 집으로 돌아오는 차 안에서 둘 다 울거나 하지 않고 침묵만 지켰다. 빨간 신호등에 멈춰선 나는 신호등 색이 바뀌는 것을 보지 못하고 오래 정차해 있었는데, 어머니는 이때서야 침묵을 깨고 처음으로 말을 걸었다. "갑자기 좀비처럼 그러지 말아라." 어머니는 내게 정신줄을 놔 버리지 말고, 정신을 똑바로 차리라고 했다.

얼마 뒤, 나는 아주 오래 전 허스턴의 글을 읽었던 기억을 떠올렸다. 1930년대 무렵, 허스턴은 아이티에서 인류학 현장조사를 하던 중 펠리시아 펠릭스-멘토르라는 이름의 좀비를 실제로 봤다고 주장했다. 그녀는 자기 주장이 진짜임을 증명하기 위해 사진까지 제시했다.

사진 속의 펠리시아 펠릭스-멘토르는 헐렁하고 낡은 드레스를 입고 있으며, 마치 눈먼 사람처럼 게슴츠레하게 눈을 뜨고 있었다. 그 여자는 짧은 머리를 하고 있었고, 두 발로 서 있어도 그 모양새가 마치 관에 누워 있는 모습 같았다.

사람들은 초췌한 모습으로 방황하는 펠리시아 펠릭스-멘토르를 미지의 존재인 좀비라고 생각했다. 좀비가 된 사람은 죽으면서 영혼이 모두 지워졌지만, 육신은 이 땅에 그대로 남아 여기저기를 방황한다. 죽지 못하고 고통스럽게 살아가는 좀비의 모습은 그 누구도 원하지 않은 삶이요 죽음이다. 허스턴은 그 좀비를 두고 이렇게 말했다. "29년 전에 죽었다던 이 여자는 대체 왜 이렇게 헐벗은 체로 길 위를 떠돌고 있는 걸까?"

나는 그날 차 안에서 이렇게 생각했다. 만약 내 어머니가 29년 뒤 좀비처럼 헐벗은 채로 길 위를 떠돌고 있다 해도, 나는 여전히 어머니를 원할 거라고 말이다. 나는 그제야 왜 사람들이 냉동보존술이나 다른 기술로 사랑하는 사람을 보존해 뒀다가 미래에 소생시키길 원하는지 이해할 수 있었다. 하지만 한편으로는 C. S. 루이스의 말이 옳았다. 죽었다 다시 살아나더라도 언젠가 또 죽어야 한다면 그 또한 비극이 아닐까? 아마도 죽음에서 한 번 부활했던 사람들은 그렇지 않은 다른 사람들보다 죽는 게 더 어려울지도 모른다.

아이티 전설에서는 좀비가 소금을 먹으면 죽지 못하고 방황하는 삶을 벗어날 수 있다고 한다. 아이티에서는 예상치 못했던 안 좋은 소식을 들은 사람에게 소금을 건네는데—가령, 커피에 소금을 타 주는 식으로—이는 "sezisman", 즉 "충격"을 물리치라는 의미다.

로즈-메이의 진료실에서 돌아온 그날, 어머니는 소금을 뿌린 커피를 두 잔 타서 한 잔은 마시고 다른 한 잔은 내게 건네주었다.

어머니는 투병 기간 내내 평온함과 온화함을 유지했다. 어머니는 화학요법을 시작하는 첫날부터 마지막 날까지 깊은 믿음을 보여 주었는데, 아버지 역시 죽음을 앞뒀을 때 비슷한 믿음을 보였다. 어머니는 의료진이나 치료법을 믿는 게 아니라, 세상만사가 정해진 순리대로 이루어진다는 생각을 믿었다.

"결국 이 모든 것이 너와 내가 함께 하라는 하느님의 뜻 아니겠니?" 어머니는 이렇게 말했다.

나는 어렸을 때 어머니와 8년 동안 떨어져 살았다. 어머니가 암 선고를 받기 전, 어머니와 나는 1,600킬로미터가 넘게 떨어진 도시에서 각자 살았다. 어머니와 나는 평생 같이 산 시간보다 떨어져 지낸 시간이 더 많았는데, 어쩌다 보니 어머니가 죽음을 앞두고는 내 곁에 오게 된 것이다.

어머니는 나와 이야기를 나누면서 세상을 떠났다. 어머니의 모습에서 죽음이 가까이 있다는 것이 확연하게 보였다. 어머니는 더 이상 먹지도 마시지도 않았고, 방이 덥다고 불평했지만 피부는 차갑게 느껴졌다.

"창문 좀 열어 주렴." 어머니가 누워 있는 침대 옆 미닫이 유리문을 열어 달라는 이야기였다. 어머니는 우리 집에 병원 침대를 들여놓고 그곳에서 지냈다. 나는 어머니가 암 선고를 받은 뒤 종종 어머니 옆에서 함께 잤는데, 어머니가 병원 침대를 쓰고 나서부터는 옆에서 같이 잘 수가 없었다.

어머니가 세상을 떠났던 오후 한 시 무렵이었다. 어머니는 의식이 오락가락하는 바람에 눈을 제대로 뜨지 못했다.

"사랑해요." 나는 어머니에게 크리올어로 계속 이야기했다. "Mwen renmen ou." 나는 어머니의 손을 잡았다. 나는 어머니의 얼굴에 입 맞추고, 한때는 풍성한 머리카락으로 뒤덮였지만 이제는 까끌까끌한 자국뿐인 머리를 부드럽게 쓰다듬었다. "엄마는 훌륭한 분이에요." 나는 이렇게 말했다.

모든 감각이 다 죽은 후에도 청각만큼은 오래 살아 있다고 했던가.

어머니는 미소를 지었다.

나는 울먹이며 어머니에게 물었다. "엄마, 천국이 보이세요?" 어머니는 다시 미소를 지었다. 어머니는 그렇게 세상을 떠났다.

죽음과의 사투도 없었고, 숨 가쁜 호흡도 없었다. 어머니는 그저 숨을 멈췄을 뿐이었다. 미소를 지은 뒤 그렇게 세상을 떠났다.

죽으면서 미소를 짓는 일은 꽤 흔하게 관찰되는 현상이다. 몸에서 죽음을 받아들이기 전 일종의 희열 상태를 느낄 수 있는 신경전달물질을 분비하기 때문인데, 이때 분비되는 도파민과 세로토닌은 사랑에 빠진 사람들의 뇌에 분비되는 것과 같은 물질이다.

어머니의 얼굴은 고요했다. 사후경직으로 찡그려져 보이기보단 몹시 편안해 보였다. 어머니가 숨을 거두기 직전, 울먹이며 이런저런 말을 하던 나는 마지막으로 이제 그만 놓아 주라는 이야기를 했다.

"이제 그만 놔 주세요, 엄마. 놔 줘도 괜찮아요."

어머니는 그렇게 놓아 주었다. 주먹을 쥐고 있던 두 손이 스르르 풀어졌다. 나는 어머니의 두 손을 가슴 위에 모아 올려 주었다. 나는 어머니의 두 눈도 감겨 주었다. 눈이 다시 떠지면 어떡하나 두려운 마음이 들었으나, 그렇게 되지는 않았다. 나는 어머니의 오른쪽 뺨에 내 얼굴을 갖다 대고 몇 분을 그렇게 있으면서 눈물을 흘리기 시작했다. 갑자기 내가 우는 소리가 어머니 귀에 너무 크게 들리면 어쩌나 걱정이 되었다. 나는 가족들에게 전화를 걸어 어머니의 죽음을 알릴 때까지 끊임없이 소리 내어 울었다.

어머니가 세상을 떠나기 전날, 나는 어머니가 누운 병원 침대 옆 바닥에서 잠을 청했다. 어머니는 산소마스크를 쓰고 숙면을 취했다가, 이따금 잠에서 깨어 완전히 쉰 목소리로 내게 "pran pye ya pou mwen", 즉 "오른쪽 다리를 잡아달라고" 말하곤 했다. 다리가 제멋대로 움직이면서 침대 바깥을 벗어나곤 했기 때문이었다. 나는 잠을 잘 수가 없었다. 그런데 같은 날 밤, 어떤 남자가 집 밖에서 울부짖는 소리가 들렸다. 나는 그가 누구인지 대충 알고 있었다. 그는 정신이 이상한 노숙자로, 종종 우리 집 근처에 있는 지붕 덮인 버스 정류장에서 잠을 자곤 했다. 나는 그가 한밤중에 아무 말이나 닥치는 대로 소리 지르는 것을 들은 적은 있지만, 이날처럼 울부짖는 소리를 듣기는 처음이었다.

그는 마치 전문적으로 곡을 하는 사람마냥, 토니 모리슨의 『술라』에 나오는 표현처럼 "크고 긴, 멋진 울부짖음"을 밤새 지속했다. 나는 그에게 끔찍한 일이라도 생긴 건가 싶은 생각이 들었다.

나는 경찰을 불러 그의 상태를 확인해 보라고 부탁했다. 집 앞에 온 경찰은 그를 보더니 그가 계속 울부짖게 내버려두고 갔다. 나중에서야 든 생각이지만, 나는 그가 어머니의 영혼이 집에 드나드는 것을 보고 겁에 질려 그랬던 게 아닌가 싶었다. 어머니의 다리가 자기 마음대로 움직이고, 어머니가 큰 신음소리를 내는 것을 듣고 나는 어머니의 영혼이 떠나는구나 싶은 생각이 들었다. 나는 어머니의 신음소리가 고통의 신음이 아닌 귀찮음과 좌절의 신음이길 바랐다. 어머니는 여자들이 산통을 경험하듯 사통(死痛)을 경험하는 건지도 몰랐다.

어머니는 투병 기간 내내 진통제 투여를 거부했다. 죽을 때가 되어 "헤벌레"하고 싶지 않다는 게 그 이유였다. 마지막까지 자기 입에서 무슨 말이 나오는지, 무슨 행동을 하는지 또렷이 알고 싶다고 했다. 하지만 세상을 떠나던 날 아침, 어머니는 아이티인 호스피스 간호사에게 복부에서 체액을 빼낼 때 사용하는 것과 같은 국부 마취제를 놓아달라고 부탁했다. 어머니는 걸걸하고 낮은 목소리로 "국부"의 "lokal"을 힘주어 말했다. 어머니는 주먹을 꽉 쥐고 있었는데, 간호사의 말로는 고통 때문이라고 했다. 간호사가 위에서 허락을 받아 국부 마취제보다 더 강한 모르핀을 가져왔을 때, 어머니는 이미 세상을 떠난 뒤였다.

내 이야기가 원을 그리며 되풀이되고 있다는 걸 알고 있다. 하지만 지금 내게는 이 방법뿐이다. "슬픔 안에서는 그 무엇도 '한자리에 머물러 있지' 않다." C. S. 루이스는 이렇게 말했다. "사람은 어떤 단계에서 벗어나지만, 그 단계는 늘 되풀이된다. 그 단계는 둥글게 원을 그리며 돈다. 모든 것은 되풀이된다. 나는 원을 그리고 있는 걸까? 아니면 나선형 계단을 오르고 있다고 희망해도 될까?"

나는 어머니가 세상을 떠난 뒤 작가인 친구와 이야기를 나누던 중, 그 친구에게 있어 어떤 이야기는 어머니가 죽고 나서야 글로 쓸 수 있다는 것을 알게 되었다. 내게는 이제 그런 이야기가 무엇일지 궁금하다.

어머니의 투병 기간 동안, 나는 어머니의 부탁으로 둘이서만 야간 기도를 했다. 다른 가족들이 잠자리에 들고 나면, 나와 어머니는 프랑스어와 크리올어 성가집에 있는 찬송가를 부르고, 기도드리고, 주기도문을 외우고, 성서 한 구절을 읽은 다음 잠에 들었다.

엄마가 유난히 좋아하던 성경 구절이 있었는데, 그 중에 한 가지가 마태복음의 팔복이었다. 아마도 팔복을 읽으면 어머니 마음이 더 안정되었던 것 같다. 팔복은 우리에게 위안이 찾아온다는 것을 약속하는 내용으로, 나는 어머니가 천국의 베일을 뚫고 이승의 내게 지금 해주고 싶은 말이 바로 이 팔복이 아닐까 생각한다.

팔복은 어머니와 ("마음이 깨끗한 사람은 행복하다. 그들은 하느님을 뵙게 될 것이다") 나에게 ("슬퍼하는 사람은 행복하다. 그들은 위로를 받을 것이다") 모두 위안이 되었다. 어머니는 세상을 떠나기 전 마음을 깨끗하게 할 시간이 있었다. 반면, 나는 슬퍼할 시간을 평생 갖게 되었다.

하지만 대부분의 경우 어머니는 어떤 성경 구절을 읽고 싶은지 잘 기억해 내지 못했다. 어머니가 단어 한두 개를 말해 주면 나는 어떤 구절인지 찾아내기 위해 온라인에서 성경 용어 색인을 뒤졌다.

가령 어머니가 "Syèl la"라고 하면, 나는 천국에 관련된 구절을 검색했다.

검색된 결과가 너무 많으면, 어머니는 색인에 나온 결과 중 가장 위에 있는 구절이나 지금까지 읽어 보지 않은 구절을 읽자고 했다. 나는 성경 구절이 언제나 같은 순서로 나타나지 않게 일부러 다양한 용어 색인을 참고했다. 이렇게 우리는 어느 날 밤 요한 묵시록 14장 13절을 읽게 되었다.

어머니가 가지고 있는 프랑스어 성경에는 이렇게 쓰여 있다. "Et j'entendis du ciel une voix qui disait: Écris: Heureux dès à présent les morts qui meurent dans le Seigneur!" "나는 또 '이제부터는 주님을 섬기다가 죽는 사람들이 행복하다고 기록하여라' 하고 외치는 소리가 하늘에서 나는 것을 들었습니다"라는 뜻이었다.

이 14장 13절이 나의 글과 어머니의 상황에 어찌나 잘 부합하는지, 나는 이 구절이 사도 성 요한에게 내려진 명령인 동시에 내게도 내려진 명령이 아닐까 생각했다. 하지만 "기록하여라"는 명령은 고사하고, 어머니의 죽음이 가까워 오자 나는 내 이름을 서명하는 일조차 힘들어졌다.

나는 어머니를 잃는 슬픔을 미리 헤아려 보고자 C. S. 루이스의 저서 『헤아려 본 슬픔』을 읽기 시작했다. ("그리고 슬픔은 여전히 두려움처럼 느껴진다. 정확하게 말하면, 긴장감처럼 느껴지기도 한다. 또는 기다림 같기도 하다. 무슨 일이 일어나길 막연히 기다리는 기분 같기도 같다.")

모든 죽음은 과거에 발생했던 죽음과 앞으로 발생할 죽음을 다른 시각에서 조명하게 만든다. 어머니가 투병생활을 하는 동안, 나는 잘 알지도 못하는 사람이 죽었다는 소식에 넋을 놓고 울어대곤 했다. 나는 교회 사람의 친척, 만나 본 적도 없는 남편의 옛날 지인의 장례식에도 두어 번 참석했다. 남의 장례식에서 한참을 훌쩍이다 보니, 내가 어머니의 장례식에서 가족들이 앉는 맨 앞자리에 앉아 있는 내 모습을 미리 상상하고 있다는 것을 깨달았다. 어머니가 저 관 안에 있는 것도 아닌데, 나는 여길 대체 왜 온 걸까? 나는 그때서야 나중에 내 차례가 됐을 때 너무 마음 아프지 않도록 미리 예행연습을 하고 있다는 걸 깨달았다.

어머니가 세상을 떠나면 아버지가 세상을 떠났을 때와 비슷한 기분이 들 거라고 생각했다. 나는 아버지의 임종을 지켜보지 못했다. 아버지가 세상을 떠난 지 무려 10년도 넘었지만, 나는 아버지가 그제까지만 해도 살아 있었던 것처럼 몹시 그립다. 아버지 기일이 몇 주 앞으로 다가오면, 나는 날짜를 확인해보지 않았어도 슬픔이 느껴진다. 때때로 달려가 품에 안기곤 했던 늙고, 야위고, 어두운 피부색을 한 아버지의 얼굴과 체격을 나는 지금도 생생하게 기억한다. 나는 아버지가 75세, 78세, 80세, 아니 올해 나이 82세에도 여전히 같은 모습일 거라 생각한다.

어머니가 죽음을 앞뒀을 무렵, 나는 칵테일파티에서 아버지와 마주치는 꿈을 꾸곤 했다. 아버지는 검은색 턱시도를 말끔하게 차려입었고 나는 복고풍 분홍색 드레스를 입고 있었는데, 어머니가 결혼했을 때 입었던 벨라인 웨딩드레스와 거의 똑같은 모양이었다. 아버지는 취미 삼아 칵테일파티에서 웨이터로 일한다고 했다. 우리는 아버지의 새로운 삶의 낙이나 다름없던 웨이터 일에 대해 즐겁게 이야기를 나눴다.

"이번 파티가 저번보다 좋구나." 아버지는 내가 꿈에서 깨기 직전 늘 이렇게 말했다. 아버지는 살아생전에 그랬던 것처럼 늘 크리올어로 말했다.

턱시도를 입은 아버지와 내가 꿈 속에서 대화하는 주제는 칵테일파티의 사소한 사건에 한정되어 있었다. 나는 왜 이런 칵테일파티가 열리는지, 아버지 말고 다른 웨이터는 누가 있는지 전혀 알아채지 못했다. "곧 가야겠구나." 아버지는 이렇게 말했다. "파티가 금방 끝나겠어."

어머니는 내 꿈속에서 아예 존재감 자체가 없었다. 어머니에 대해 대화하는 일도 없었고, 나는 어머니를 떠올리지도 않았다. 아버지를 보면서 어머니를 떠올리는 일조차 없었다. 꿈에 아버지가 등장하고, 아버지와 내가 한 비밀스러운 칵테일파티에 함께 있다는 것 외에는 아무것도 없었다.

꿈은 종종 슬픔의 관문과도 같다. 나는 이 꿈이 내가 어머니를 대신해 꾼 꿈이라는 것을 나중에야 깨달았다. 그 꿈에서 나는 어머니였다. 나는 어머니의 드레스를 입고 있었다. 아마 내 얼굴도 어머니의 얼굴이었을 거다.

어머니는 임종이 다가왔을 무렵 내게 딱 한 가지 꿈 이야기를 해 주었다. 로어 맨해튼에 새로운 공장이 하나 들어섰는데, 예전에 어머니와 같이 일했던 메리 부인이 전화를 걸어 같이 일하지 않겠냐고 물어본 꿈이라고 했다.

나는 어머니가 마지막으로 입원해 있으면서 호스피스를 알아보던 무렵에도 『헤아려 본 슬픔』을 계속 읽었다. 사람은 항상 기적을 바라게 마련이지만, 나는 어머니가 점점 쇠약해지는 것을 보며 기적이 일어날 확률이 낮아지고 있음을 알았다. 어머니는 아무 질문도 하지 않고 심폐소생술 거부 명령에 덜컥 사인해 버렸다. 어머니의 기도 내용도 달라졌다. 전에는 암을 낫게 해 달라고 기도했다면, 이제는 주기도문의 "아버지의 뜻이 이루어지소서"만 유일하게 쓸모 있는 기도인 양 오로지 그 부분만 반복했다.

10년 전, 폐섬유증으로 투병하던 아버지 역시 어머니와 똑같은 변화를 겪었다. 아버지는 쉴 새 없이 기침을 하고 숨 가빠하는 등 고통스러워하는 정도가 어머니 때보다 눈에 더 확연하게 보였다. 얼마나 고통이 심하냐고 군이 물어볼 필요가 없었다. 앙상하게 뼈만 남은 아버지의 얼굴에 다 드러났기 때문이다. 아버지 역시 "아버지의 뜻이 이루어지소서"라 기도하며 고통스러운 삶에서 벗어나길 바랐다.

"내 의지로 이 세상에 태어난 게 아니니 내 의지로 떠날 수도 없지." 아버지는 이렇게 말했다. "하지만 할 수만 있다면……"

아버지는 말끝을 흐렸지만, 우리는 아버지가 죽음을 원한다는 것을 알았다.

어머니 역시 죽음을 원하고는 삶에서 물러나기 시작했다. 어머니는 텔레비전 시청을 중단했다. 더 이상 전화 통화도 하지 않았다. 어머니 왈, 당신 목소리가 이상하게 들린다고 했다. 암이 어머니의 폐까지 손상을 가하는 바람에, 어머니는 종종 숨찬 증상을 느끼곤 했다. 더 이상 어머니는 내게 성경을 읽어 달라고 부탁하지도 않았다. 나와 마주보고 앉아 성경을 읽던 어머니가 갑자기 나는 빼 버리고 누군가와 마음속으로 비밀 대화를 하는 듯한 느낌이었다.

죽음이 가져오는 여러 비극 중에 하나는 평생 이어져 온 대화가 끊기고 독백만 남는다는 사실이다. 어머니는 입을 닫고 대부분 남이 하는 말을 듣기만 했다. 어느 날 밤, 나는 집에 들여놓은 병원 침대에 누워 잠든 어머니를 지켜보며 내가 어떤 이야기를 하면 어머니가 계속 깨어 있을까, 어떤 끝없는 이야기를 하면 어머니가 죽지 않고 계속 살아 있을까 생각했다.

어머니는 잠에서 깨면 내가 남동생들과 어머니에 대해 이야기한 내용, 그들과 어머니 문제에 대해 뭐라고 상의했는지 귀기울여 열심히 들었다.

어머니는 남동생들에게 내가 어머니의 상태에 대해 뭐라고 말했는지 물었다. 병이 악화되었다고 했는지, 최근 한 줄기 희망이 보인다고 했는지 물었다.

나는 오직 사실만 이야기하기로 남동생들과 약속했다고 대답했다.

그러자 어머니는 이렇게 말했다. "네가 장녀 아니니. 동생들을 보호해 줘야지." 이 말은 비단 오늘뿐만 아니라 어머니의 죽음 이후에도 내가 동생들을 보호해야 한다는 말이었다.

어머니가 세상을 떠나기 며칠 전 우리 집에 머물렀던 어느날, 나는 여덟 살짜리 딸아이를 등에 업고 딸아이와 게임을 하고 있었다.

이를 본 시어머니가 말했다. "다 큰 앤데 내려놓지 그러니. 그러다 허리 삐끗할라."

그 순간, 침대에 누워 잠든 듯이 보였던 어머니가 몸을 일으키더니 이렇게 말했다. "업고 다니게 놔두세요. 나중에 시간이 지나면 저 딸아이가 엄마를 업고 다닐 테니까요. 지금 내 딸이 나한테 해주는 것처럼요."

어머니와 함께 기도하는 시간이 줄어들자 나는 성경과 성경 비슷한 다른 글 속에서 위안을 찾으려 했다. 성경 읽기는 어머니가 세상을 떠나고 난 다음에도 나 혼자서 해야 할 일이었다. 그래서 나는 어머니의 성경책을 읽으면서 『헤아려 본 슬픔』도 함께 읽었다. 나는 어머니가 자고 있는 동안 책을 꺼내 읽었다. 그때 읽었던 문장들 몇 개가 뇌리에 깊이 남았다.

"사랑하는 이의 죽음은 절단과도 같다."

내가 항상 두려워했던 것이 바로 이런 절단이었다.

"슬픔이 마치 두려움 같은 느낌이라고 아무도 내게 말해 주지 않았다."

내게 말해 주는 사람도 아무도 없었다.

나는 엘리자베스 퀴블러-로스가 말한 부인, 분노, 협상, 우울, 수용의 임종 심리 5단계에 공포도 포함되어야 한다고 생각한다. 나는 어머니가 세상을 떠나고 난 뒤 나도 어느 날 갑자기 죽어 내 아이들이 고아가 되면 어쩌나 하는 공포를 경험했다──실은 그 공포감은 지금도 여전히 남아 있다.

어머니가 세상을 떠난 지 일 년 뒤, 나는 어머니가 암 발병 초기에 보였던 복부 팽만감, 소화불량, 가스 같은 증상을 보였고 이런 증상은 수 주 넘게 가시지 않았다. 몇 차례 검사를 거친 결과 이는 헬리코박터 파일로리 균으로 인한 감염 증상으로, 어렸을 때부터 있었던 문제가 최근 심적 스트레스로 인해 재발한 것으로 보였다. 나는 심신 통합치료를 받을 수 있는 한 동종요법 의사를 찾아갔고, 그는 나를 진단하더니 내 몸이 어머니의 투병을 지켜봤던 것을 기억하고 있기 때문이라고 말해 주었다. 나는 여러 번의 항생제 투여와 동종요법 치료를 받았음에도 불구하고 잘 낫지 않다가, 어머니가 지금까지 살아 있었다면 80번째 생일이 어떠했을지 상상하며 반나절 내내 실컷 울고 나서야 염증에서 회복될 수 있었다.

C. S. 루이스의 아내 역시 내 어머니처럼 암으로 사망했다.

"우리는 단지 암, 전쟁, 불행(혹은 행복)을 만나는 것이 아니다." C. S. 루이스는 이렇게 말했다. "우리는 그것이 찾아오는 매시간과 매순간을 만난다."

막바지에 이르자 어머니와 함께하는 모든 순간마다 나는 어머니가 나에게서 점점 멀어지고 이와 동시에 천국, 어머니의 천국인 "syèl la"가 어머니 눈앞에 점점 가까워오고 있음을 절절하게 느꼈다. 어머니는 죽음을 완전히 받아들였지만, 나는 여전히 슬픔으로 몸부림쳤다. 누군가의 품에 안겼던 사람을 빼앗아 가 데려다 놓은 곳이 천국이라면 천국이 그리 좋은 곳만은 아닐 것 같았다. 주님을 섬기다가 죽은 사람들은 행복할지 몰라도, 그들을 빼앗겨 버린 불쌍한 우리 나머지 사람들은 어쩌란 말인가?

C. S. 루이스도 나와 비슷하게 생각했던 모양이다. "신에게 선이라는 개념이 이토록 우리와 다른 것이라면, 신이 말하는 '천국'은 우리가 생각하는 지옥일지도 모른다."

그는 죽어가는 아내에게 **자신이** 죽을 때 곁에 와 줄 수 있느냐고 물었다.

"천국이 나를 붙잡지는 않겠지요." 아내는 그에게 이렇게 말했다. "하지만 만약 지옥이 날 붙잡는다면, 지옥을 산산이 부숴버리겠어요."

그 어떤 목사님도 문맥은 무시한 채 성경을 자기 좋을 대로 읽는 걸 좋아하지 않겠지만, 임종을 앞둔 어머니와 내게는 이것밖에 달리 방법이 없었다. 어머니와 내겐 어머니가 읽고 싶은 내용, 어머니에게 필요한 내용만 골라 읽을 시간밖에 없었다. 우리는 이러한 성경 읽기를 통해 우리 마음에 위안을 주는 여러 가지 생각과 영감을 얻을 수 있었다. 이는 비록 성경의 전체 맥락을 벗어난 성경 읽기였을지언정 어머니와 내게 있어서는 둘도 없이 완벽한 경험이었다.

과거 역사이자 미래 예언이기도 한 요한 묵시록은 처음부터 끝까지 종말론적 분노를 드러내며 기근, 지진, 역병, 전쟁으로 불타는 세상을 예언한다. 나는 어머니가 세상을 떠난 이후 첫 며칠 동안 계속 요한 묵시록을 찾아 읽었다. 왜 요한 묵시록에 끌렸는지 스스로 보기에도 이상했지만, 암울한 요한 묵시록의 이미지와 **빠른** 전개 과정, 어둡지만 시적인 언어에서 왠지 모를 위안을 받았다.

단테의 『신곡: 지옥편』처럼 요한 묵시록이 종종 무서운 이야기라 여겨지기도 하지만, 사실 요한 묵시록은 분명한 교훈을 주는—단호한 교훈이긴 해도—경고성의 이야기에 가깝다. 나는 요한 묵시록에서 언급하는 종말의 모습이 너무나도 불길하고 두려운 나머지 요한 묵시록 전체를 어머니에게 읽어 줄 엄두가 나지 않았다. 어머니가 분명 교회에서 요한 묵시록을 읽었거나 설교 시간에 들어서 부분적으로 알고 있었음이 분명했는데도 말이다. 그러다 어머니가 세상을 떠난 뒤에서야, 나는 어머니가 좋아할 수도 있었을 법한 구절을 발견하기 시작했다.

예를 들면, 요한 묵시록 20장 12절이 그런 구절이었다.

나는 또 죽은 자들이 인물의 대소를 막론하고 모두 그 옥좌 앞에 서 있는 것을 보았습니다. 많은 책들이 펼쳐져 있고 또 다른 책 한 권이 펼쳐져 있었습니다. 그것은 생명의 책이었습니다.

죽음의 책이 아닌 생명의 책이라니 다소 희망적인 내용이다. 하지만 요한 묵시록 나머지 부분은 죽음과 각종 괴물에 대한 이야기로 가득하다.

그 용은 바닷가에 섰습니다. 또 나는 짐승 하나가 바다에서 올라오는 것을 보았습니다. 그 짐승은 뿔이 열 개이고 머리는 일곱이었습니다. 그 뿔에는 각각 관이 하나씩 씌워져 있었으며 그 머리마다 하느님께 모독이 되는 이름이 쓰여 있었습니다. 내가 본 그 짐승은 표범과 같았는데 그 발은 곰의 발과 같았고 그 입은 사자의 입과 같았습니다.

성경 작가들만큼 죽음과 부활을 훌륭하게 이야기한 이들도 없다. 그들의 생생하고 디테일한 증언, 환상, 메시아의 출현에 대한 예언 속에서 죽은 자들은 부활하고 오래 전에 죽은 자들의 말라버린 뼈 위에는 살이 덮이는 기적이 일어난다(에제키엘서). 에제키엘서와 요한 묵시록을 쓴 작가들은 생동감 넘치고 역동적인 묘사를 추구했다. 나는 요한 묵시록에 등장하는 끝없는 공포의 이야기에 매료된 나 자신을 발견했다. 내 어머니는 요한 묵시록에서 말하는 디스토피아가 앞으로 얼마든지 가능한 미래의 모습이라 믿었기에, 나는 어머니가 이런 세상을 벗어난 게 다행스러운 일이라는 생각마저 들었다.

액자식 구성은 요한 묵시록의 내러티브를 구성하는 핵심이다. 삶과 죽음의 열쇠를 쥐고 있는 하느님의 서정적인 한편, 오싹할 정도로 무서운 분노의 목소리를──그것도 토씨 하나 바꾸면 안 된다는 명령에 따라──글로 기록하는 일은 평범한 작가에게 악몽이나 다름없는 엄청난 부담(또는 일생일대의 과업)이었을 것이다. 그럼에도 불구하고, 가브리엘 가르시아 마르케스라면 "죽음 속에 존재하는 또 다른 죽음"이라 표현했을 이 모든 파괴, 불, 유황의 바다 한가운데 어머니가 이야기했던 작은 '빙산', 어머니의 오아시스, 어머니가 상상했던 천국이 있었다. 또 어머니에게 진작 얘기해 줬다면 좋았겠다 싶은, 괴로움과 끔찍한 고통이 지나면 어느 순간 모든 것이 평화롭고 이상적인 세상이 찾아온다는 안도감도 있었다.

요한 묵시록은 결국 해피엔딩으로 끝난다. 마지막 두어 장을 읽어 보면 더 이상 죽음이나 슬픔, 고통이 존재하지 않는 새로운 하늘과 새로운 땅, 수정같이 빛나며 흐르는 강, 수많은 열매를 맺는 나무의 모습이 언급되는데, 이는 마치 하데스에게 납치되어 지하세계에 갇혀 있던 페르세포네가 지상 위로 올라와 어머니 데메테르에게 돌아갔을 때 세상이 변하는 모습과도 퍽 흡사하다.

"모든 내러티브 식의 글쓰기, 아니 어쩌면 모든 글쓰기는 마음 깊숙한 곳에 숨어 있는 죽음에 대한 공포와 매혹—위험을 감수하고서라도 저승으로 내려가 죽은 자들 사이에서 무언가를 또는 누군가를 데려오고 싶어 하는 욕망—에 의한 것이다." 소설가 마거릿 애트우드는 「죽은 이들과의 협상」에서 이렇게 말했다(이 수필은 그녀가 2000년 캠브리지 대학의 엠프슨 강의에서 이야기한 내용을 재구성한 글이다). 다시 말하면, 우리는 죽음이 아닌 다른 것에 대해 글을 쓸 때조차 죽음에 대해 글을 쓰고 있다는 이야기다. 죽음이란 결국 모든 일의 종국적인 결과이자 모든 이야기의 최종 결말이기 때문이다.

"모든 이야기는 죽음으로 향하는 경향이 있습니다." 돈 드릴로의 1985년도 소설 『화이트 노이즈』의 주인공 대학교수는 이렇게 말한다. "이것이 이야기의 본성이지요. 정치적 이야기, 테러리스트의 이야기, 연인들의 이야기, 내러티브 이야기, 어린애들 게임에 나타나는 이야기까지도 말입니다. 이야기를 구성하는 우리는 매번 죽음에 조금씩 가까이 다가갑니다. 이는 이야기의 대상이 되는 사람들뿐 아니라 이야기를 쓰는 사람들 모두가 서명해야 하는 일종의 계약이지요."

소설가 메리 고든은 2007년에 발표한 자신의 회고록 『어머니에 대하여』에서 자신이 어머니를 애도할 수 있었던 유일한 방법이 바로 글쓰기였다는 사실을 고백했다. 나 역시 다양한 방법으로 어머니를 애도했으나 ——주로 가족, 친구들과 함께 어머니에 대한 이야기를 나눴다—— 그 중에서 가장 적극적인 애도 방법은 어머니에 대해 글을 쓰는 것이었다.

어머니가 세상을 떠난 뒤 몇 주 동안 나는 어머니의 투병을 지켜본 몇 명 말고는 함께 이야기를 나누고픈 생각이 없었다. 나는 대부분의 사람들이 내가 금방 훌훌 털고 일어나 세상에 다시 합류할 거라 기대한다는 걸 알고 놀랐다.

그들은 "어머니가 최근에 돌아가신 건 알아, 하지만……" 또는 "어머니 일은 유감이야. 그런데……"로 시작해 아직 내 능력 밖에 있는 일들을 부탁했다. 어쩌면 죽음이 가장 사적인 영역으로 간주되다 보니 그 엄청난 상실이 주는 감당할 수 없는 무게가 과소평가되는 것인지도 모른다. 또는 끊임없이 이어지는 일과와 일상생활의 흐름이 사랑하는 사람을 죽음으로 잃었다는 당혹감, 괴로움, 심지어 견딜 수 없는 기분마저 잊게 하는지도 모른다. 즉, 우리는 누군가를 직접 잃고 나서야 이 모든 것을 알 수 있으며, 그때가 되면 주변에 아무리 많은 사람들이 있어도 우리가 완전히 혼자라는 사실을 깨닫게 된다.

어머니의 죽음 이후 첫 몇 주 동안 나는 가족 일을 제외한 모든 일을 중단했고, 사회 활동과 각종 업무도 완전히 그만둘 수밖에 없었다.

"작가에게 간소한 애도란 불가능한 일인지도 모른다." 고든은 이렇게 말했다.

사실 모든 사람들에게 간소한 애도란 있을 수 없다. 단지 작가들은 그들이 느낀 슬픔의 감정을 작품과 작품의 소재에 녹여낸다는 차이가 있을 뿐이다. 작가 메리 고든의 경우, 뉴욕 메트로폴리탄 미술관에 전시된 프랑스 화가 피에르 보나르의 작품을 감상하며 천주교 신자였던 어머니를 추억하고 애도했다.

박물관에 가는 것은 일종의 기도이다——만약 어머니가 이 말을 들었다면 신성 모독이라 했을지도 모른다. 하지만 나는 어머니에게 묻고 싶다. 내가 지금 하고 있는 행동——경배하고, 회개하고, 감사하고, 탄원하는 나의 행동——이 일종의 기도처럼 보이지 않느냐고 말이다. 나는 어머니에 대한 글을 쓰면서 불가능한 사랑의 신비를 경배한다. 나는 글을 쓰면서 어머니에 대해 폭로했던 일을 회개한다. 나는 어머니가 내게 베풀어준 것에 한없이 감사한다. 나는 본디 예술가들이 그러하듯 탄원한다——하지만 누구에게 탄원하는 것인가? 나는 허공에 대고, 얼굴조차 없는 존재에게 이야기한다. 내가 보고 있는 것을 글로 쓰게 도와달라고.

나는 이렇게 덧붙이고 싶었다.

도와줘요, 엄마. 제발 도와줘요.

"종교 문화가 부재한 경우 어떤 식으로 애도를 표할까?" 시인 엘리자베스 알렉산더는 자신의 회고록 『세상의 빛』에서 심장마비로 갑작스레 세상을 떠난 자신의 남편이자 화가를 추억하며 이렇게 질문했다.

나는 일평생 종교 문화의 영향을 받으며 살아 왔기 때문에 이에 확실하게 대답하기 어렵지만, 알렉산더의 이야기에서 실마리를 찾았다.

"예술은 내게 있어 종교이다." 그녀는 이렇게 말했다. 하나 그녀에게는 예술뿐만 아니라 그녀의 가족이 있고, 다양한 아프리카 이민자 사회의 종교의례가 "혼합된" 독특한 흑인 문화 전통이 있었다. 또 그녀에게는 가스펠 음악(특히 마할리아 잭슨의 노래), 루실 클리프턴의 시, 그녀의 자작시, 세상을 떠난 그녀의 남편이 남긴 그림, 수많은 대륙을 대표하는 신, 수호정령, 그리고 그녀의 조상도 있었다.

"체계적인 종교가 부재한 경우에도 믿음은 노래, 예술, 음식, 튼튼한 팔 등 다양한 형태로 얼마든지 존재한다." 알렉산더는 이렇게 이야기했다. 그녀는 남편이 세상을 떠난 뒤 있었던 강의에서 이렇게 말했다. "예술은 우리가 다른 사람들의 삶에 끊임없이 들어오고 나가며, 우리 모두가 언젠가 이 세상을 떠나야 할 때 우리에게 남겨지는 무언가를 포착하는 일입니다. 위대한 예술가들은 죽어가는 빛의 반대편에 그림자가 있다는 것을 압니다.…… 살아남은 사람들은 상실이라는 무시무시한 빛에 놀란 채, 그저 증언할 수밖에 없습니다."

사랑하는 사람이 죽고 난 뒤 그저 목격할 수밖에 없다는 것은 잔인할 만큼 힘겨운 일이다. 그럼에도 불구하고, 알렉산더는 더 많은 인도와 더 많은 의식을 갈구하는 스스로를 인정했다.

어머니가 세상을 떠난 뒤, 나는 어머니가 외할머니 장례 후

치렀던 의식을 이번에는 내가 치러 보면 어떨까 생각했다. 외할머니는 내가 십대 때 돌아가셨는데, 어머니는 당시 외할머니의 부고 소식을 듣자마자 뉴욕에 아버지와 나, 남동생을 남겨 두고 이모들과 함께 레오간으로 향했다. 그곳에서 외할머니의 장례식에 참석하고 집으로 다시 돌아온 어머니는 6개월 동안 꼬박 검은색 옷만 입곤 했다. 6개월이 지나자 어머니는 서서히 베이지색이나 파스텔 톤의 연한 색 옷을 입기 시작했다. 하지만 1년이 완전히 지나기 전까지는 붉은색이나 다른 원색을 전혀 입지 않았다.

나는 대학생 때부터 거의 검은색 옷만 입고 다녔다. 이런 나를 본 부모님은 나중에 당신들 장례를 치를 때 내가 옷을 살 걱정은 없겠다며 농담을 하곤 했다. 나는 그저 검은색을 입으면 날씬해 보이고, 패션 센스가 전혀 없는 나 같은 사람에게 그나마 멋스러워 보이는 색이 검은색이라 그랬던 것일 뿐인데, 부모님은 내가 아무 이유도 없이 상복을 입고 다닌다고 생각했다. 부모님의 눈에는 내가 코넬 웨스트의 말마따나 "입관할 준비가 된" 사람처럼 보였던 것이다. (학자인 코넬 웨스트는 1994년 아버지가 세상을 떠난 뒤 늘 검은 정장에 검은 넥타이만 고수하며 이를 두고 "입관할 준비가 된" 복장이라고 말했다.)

"나는 규칙을 원한다." 알렉산더는 『세상의 빛』에서 이렇게 말했다. "나는 일 년 동안 매일 해 질 녘마다 올릴 수 있는 기도를 원한다. 나는 그 기도가 아름답고 의미 있는 것이길 원한다."

나 역시 이와 같은 규칙과 기도를 원했다.

어머니가 세상을 떠나고 몇 달 뒤, 나는 패널로 활동하고 있는 뉴욕 펜 월드 보이스 페스티벌 관계자로부터 기도문을 하나 써달라는 부탁을 받았다. 내 기도문을 작은 책자에 인쇄해 페스티벌에서 배포할 예정이라고 했다. 나는 최대한 미적거리며 미루고 미루다가, 마감일 오전이 되어서야 기도문을 썼다.

나는 기도가 일상생활인 가정에서 자랐다. 아이티에 있었을 때는 목사이던 삼촌과 함께 기도했다. 뉴욕 브루클린으로 옮긴 이후부터는 부모님, 남동생과 늘 함께 기도했다. 그럼에도 불구하고, 기도문을 쓰기란 내게 어려운 일이었다. 기도란 우리가 가장 필요로 하는 욕망에 대해 이야기하는 사적인 글이라고 생각한 것이 한 가지 이유였다.

나는 한때 글쓰기란 기도의 일종이며, 침묵도 하나의 기도가 될 수 있다고 생각했다. 또, 나는 어린이라는 존재 자체가 살아 성장하는 기도이며, 사랑이 모든 기도 중에 가장 강력한 기도라고 스스로에게 말하곤 했다. 그런데 막상 내가 쓰게 된 기도문은 어머니를 주제로 한 기도였다. 내 기도문은 어머니가 세상을 떠나기 직전, 의식을 점점 잃어가며 더 이상 말을 할 수는 없어도 들을 수는 있었던 순간 마음속으로 떠올렸을 기도를 상상하고 쓴 글이었다.

내 어머니의 특이하면서도 짓궂은 유머감각은 다른 언어로 번역했을 때 그 의미 전달이 어렵다. 어머니는 주로 친한 친구들, 또는 금세 친구로 사귄 사람들 앞에서 유머를 사용했다. 어머니의 화법을 이미 아는 사람들, 어머니의 바디랭귀지를 읽고 사소한 뉘앙스를 알아챌 수 있는 사람들이 어머니의 유머를 가장 잘 이해하곤 했다.

어머니가 가끔 병원에 입원해 있었을 때, 대부분 아이티 출신의 간호사들이 어머니를 돌봐주었다. 어머니는 간호사들에게 이런저런 부탁을 하는 것을 불편하게 생각했고, 대신 그들과 크리올어로 농담을 하는 걸 좋아했다. 한 간호사 중에 채혈을 할 때마다 쩔쩔맸던 사람이 있었는데, 어머니는 그녀에게 이렇게 말했다. "텔레비전에서 보면 다른 사람 목에 이빨을 꽂고 피를 빨아먹는 흡혈귀가 나오던데 아가씨가 그런 흡혈귀를 안 닮아서 안타깝네요. 내 목에도 피가 있을 텐데 그쪽으로 해봐요." 또 직장에 고여 있는 대변을 직접 제거하러 온 간호사에게는 이렇게 말했다. "오늘 아침에 내가 금덩이를 먹었으면 아가씨한테 좋은 일이 생기는 건데 아쉽네요."

어머니는 성격상 많은 사람들 앞에서 농담을 하는 편이 아니었지만, 점점 더 굴욕적인 치료를 받으면서도 농담을 하고 웃는 어머니를 보며 나는 어머니가 당신 스스로의 모습을 잃지 않기 위해 힘겹게 노력하고 있다는 것을 깨달았다. 간호사들은 어머니와 함께 웃으며 하던 일을 계속 했고, 어머니는 마치 농담이 계속 이어지길 원했던 것처럼 신음을 내뱉으면서도 사이사이마다 키득거리는 소리를 내곤 했다.

아버지의 장례식 날, 나는 어머니가 낮은 목소리로 뭔가를 계속 중얼거리는 것을 보았다. 장례식을 마치고 묘지에 가서야 나는 어머니 쪽으로 몸을 기대고 어머니가 무슨 말을 하는지 들을 수 있었다. 어머니는 "Jusqu'à ce que la mort nous sépare" 즉 "죽음이 우리를 갈라놓을 때까지"라는 말을 계속 반복하고 있었다.

나는 이후 어머니에게 왜 그 말을 중얼거렸는지 물어보았다. 어머니는 아버지와의 계약이 이제 종료되었으며, 둘 중 한 사람이 죽을 때까지만 그 계약이 유효한 거였으니 아버지가 어머니에게 다시 돌아와 귀찮게 하는 일이 없었으면 좋겠다고 아버지에게 상기시키는 중이었다고 대답했다.

이런 이유로, 나는 어머니의 영혼이 나를 찾아오지 않을 거라 생각한다. 유령을 무서워했던 어머니가 유령이 되어 나타날 리도 없다. 어머니가 예전에 말해 주길, 할머니와 할아버지 시대 사람들은 죽은 자들이 살아 있는 사람들 앞에 유령이 되어 나타나지 못하도록 그들의 발목을 예쁜 리본이나 밧줄로 묶는 풍습이 있었다고 했다. 나는 어머니에게 만약 기회가 있었다면 아버지의 발목에 분명 리본이나 밧줄을 묶어 뒀을 거라는 생각이 든다.

어머니의 유머 감각은 영어로 전달하기가 어려웠다. 미국에서 수십 년을 살았지만, 어머니의 영어 실력은 미국에 갓 도착한 이민자의 수준을 벗어나지 못했다. 이는 어머니가 수줍어서 그런 것도 있고, 연습이 부족해서도 그런 것도 있었다. 어머니가 일했던 공장 사람들은 영어를 많이 사용하지 않았다. 거의 대부분의 노동자들이 외국인이었기 때문이다. 어머니는 공장 건물을 벗어났을 때도 영어를 사용하길 꺼렸다. 영어로 말하면 사람들이 자기 말을 못 알아듣는다고 걱정했다. 어머니의 영어에는 머뭇거림과 의도치 않은 퉁명스러움이 묻어났다. 어머니는 근검절약 정신을 발휘해 최소한의 단어를 사용한 간단한 문장을 구사했다.

나는 어머니 특유의 간단한 문장에 살을 붙여 아래 기도문을 만들었다. 나는 어머니의 유머감각을 이 기도문에 그대로 옮기고 싶었다. 이 기도문의 제목은 「새로운 하늘」이다.

주님,

바라건대 이 기도가 제 마지막 기도가 될 수 있게 해주십시오. 제가 주님께 더 이상 그 무엇도 바라지 않도록, 또 이 어수

선하지만 아름다운 세상에 더 이상 그 무엇도 바라지 않도록
해주십시오.

이 시간이 주님을 생각하는 마지막이 될 수 있게 해주십시오.
제가 주님의 얼굴을 마주하는, 또는 빛, 바람, 하늘 그 무엇이
되어 주님을 만나는 날이 오기 전까지 말입니다.

저는 기다릴 수가 없습니다. 제가 어떤 색깔, 어떤 그림자, 어
떤 빛의 기둥, 어떤 무지개, 어떤 달 무지개, 어떤 해 무지개,
어떤 영광, 어떤 새로운 하늘이 될지 기다릴 수가 없습니다.

제가 이 모든 것을 받아들일 수 있게 해주십시오. 제가 이 세
상과 저의 과거, 현재를 받아들였던 것처럼 말입니다.

또한 바라건대 세상이 계속되게 해주십시오. 태양이 계속해
서 뜨고 지도록 해주십시오. 때로는 조용하고 부드럽게, 때로
는 세차게 비가 내리도록 해주십시오. 바다가 언제나처럼 잔
잔하게, 또 거센 파도가 일게 해주십시오. 세상이 계속되게
해주십시오. 저의 작은 불꽃이 사그라진 것일 뿐, 세상이 끝
난 것이 아님을 제 자녀들이 알 수 있도록 해주십시오.

제 자녀들이 저를 기억하게 해주십시오. 제 어미의 좋았던 것, 싫었던 것 모두를 기억하게 해주십시오. 제 딸 한 명과 아들 세 명이 보다 훌륭한 사람들이 될 수 있도록 제가 가르쳤던 모든 것을 기억하게 해주십시오.

바라건대 제 육신을 괴롭히는 고통을 멈추어 주십시오. 지금 당장 멈추어 주십시오. 더 이상 폐가 아프지 않게 해주십시오. 숨 쉬는 소리가 망치소리처럼 들리지 않게 해주십시오.

얼마 남지 않은 마지막, 그 어떤 증오의 말도 내뱉지 않게 해주십시오.

제 딸이 눈물을 거둘 수 있게 해주십시오.

그들이 저를 묻는 날 화창하게 해가 뜨도록 해주십시오.

또한 바라건대, 제 자녀들이 냉동실 깡통에 들어 있는 500달러를 찾을 수 있게 해주십시오. 거기 돈이 들어 있다고 제가 진작 말해 줬어야 했습니다. 또 그들이 멀쩡한 블렌더를 버리지 않게 해주십시오. 날만 갈아 주면 얼마든지 괜찮은 물건입니다.

생각해 보니, 제가 자녀들에게 회초리를 들었던 일은 그만 잊게 해주셔도 좋을 것 같습니다. 그들이 기억해서 별로 좋을 게 없을 것 같네요.

자녀들이 장례식에서 저에 대해 좋은 말을 하게 해주십시오. 그들로부터 제가 한 번도 들어보지 못했던 말, 저에 대해 그렇게 생각했으리라 상상도 못했던 말을 듣고 싶습니다. 제가 회초리를 들었던 일과는 아무 관련 없는 일로요. 하지만 그들이 너무 길게 이야기하지 않도록 해주십시오. 시간이 다 되면 말을 멈추게 해주세요.

제가 늘 지금처럼 마음속으로 그들을 위해 기도했다는 것을 제 자녀들이 깨닫게 해주십시오. 가능하다면, 저는 이곳을 떠난 뒤에도 어디에선가 지금처럼 늘 그들을 위해 기도할 것입니다.

바라건대 제 자녀들이 어수선하지만 여전히 아름다운 이 세상에서 영원한 시간을 누릴 수 없음을 자각하게 해주십시오.

그들이 제게 이상한 옷을 입히고 묻지 않게 해주십시오.

그들에게 좋은 가발이 어디 있는지 알려 주십시오. (그 가발이 어디 있는지 딸에게 진작 말해 줄 걸 그랬습니다.)

그들이 관 뚜껑을 열고 장례식을 치르지 않도록 해주십시오. 이제 저는 주님께만 제 얼굴을 보여 주길 바랄 뿐입니다.

그리고 바라건대, 간절히 바라건대 제 자녀들이 이를 극복할 수 있도록 해주십시오. 그들이 이를 극복할 수 있도록 해주십시오. 저는 이제 그들의 엄마일 뿐만 아니라, 그들의 빛의 기둥, 그들의 무지개, 그들의 달 무지개, 그들의 해 무지개, 그들의 영광, 그들의 새로운 하늘이기 때문입니다.

세상을 떠날 때는 발부터

나는 지난 수년 동안 뉴커크 애비뉴 지하철역과 브루클린 이스트 플랫부시 사이의 15블록 정도의 거리를 수도 없이 걸어 다녔지만, 한 번도 지금처럼 두려운 감정을 느껴 본 적은 없었다. 나는 어머니와 함께 한평생 산책하고, 걷고, 거닐던 D애비뉴에 다시 가보고픈 마음에, 어머니가 세상을 떠난 뒤 처음으로 그곳에 다시 발걸음을 했다. 어머니가 혹시 이 거리를 여전히 다니고 있는 건 아닌지——혼자서, 남들 눈에 보이지 않게, 나 없이——확인하고 싶었다.

어머니와 나는 슈퍼마켓에 갈 때, 빨래방에 갈 때 이 길을 걸

• 출처: As "Without Her" in *The New York Times Magazine*, April 23, 2015

었다. 바깥 날씨가 따뜻하거나, 몸이 찌뿌둥할 때도 이 길을 걸었다. 어머니의 주치의가 하루에 20~30분을 걸으라고 했을 때도 이 길을 걸었다. 또, 어머니가 내게 할 말이 있을 때도 이 길을 함께 걸었다.

어머니와 나는 한 번도 싸운 적은 없으나, 서로 의견이 다를 때는 종종 있었다. 어머니도 나도 무슨 문제가 생기면 혼자 그런가 보다 하면서 말을 하지 않고 조용히 있으면 어느 샌가 잊어버리는 타입이었다. 어머니와 나의 관계에는 사실 취약한 부분이 있었다. 서로 떨어져 지낸 시간이 너무 길었기 때문에, 두 사람 모두 이판사판 싸울 만한 용기가 없었다. 내뱉지 말아야 할 말을 하다가는 관계가 완전히 박살 날 수도 있었다. 우리가 함께하는 시간은 그간 떨어져 지냈던 시간을 보상하는 기능이 있었다. 나는 그때는 이런 사실을 몰랐지만, 어머니는 전부터 알고 있었을 지도 모른다. 이런 어머니와 나를 상징하는 것은 바로 '발'이었다.

아이티 크리올어에 "pye poudre"라는 표현이 있는데, 이는 닐 조라 허스턴이 말한 "방랑의 마법가루" 같은 뜻이다. 내 어머니도 방랑의 마법가루 영향으로 나를 포르토프랭스에 남겨두고 혼자 브루클린에 가 살았었다. 나는 어머니와 함께 길을 걸으면서, 내가 엄마와 함께 산 기간이 몇 년이나 되는지 세어보곤 했다(내 나이에서 어머니가 미국에 살았던 8년을 빼면 그 기간이 나왔다). 나 역시 "pye poudre" 덕분에 먼 곳에 있는 대학원에 가고, 사랑하는 남자를 만나 결혼하고, 결국 마이애미로 터전을 옮겨 어머니와 떨어져 살게 되었다.

어머니가 투병 생활을 하는 동안, 나는 핸드폰 카메라로 어머니의 발──샌들을 신은 발, 양말을 신은 발, 맨발──을 많이 찍었다. 어머니 침대 위에 나란히 누워 있는 내 발과 어머니의 발, 의사 선생님의 발과 어머니의 발, 임상병리사의 발과 어머니의 발도 함께 찍었다. 내가 이런 발 사진을 찍게 된 것은 종종 눈물을 감추기 위해 일부러 아래를 쳐다봤기 때문이었다. 간호사가 채혈을 위해 수도 없이 어머니 몸에 바늘을 찔러 넣거나, 어머니가 마치 관처럼 길쭉하게 생긴 검진 기계 안에 들어가는 모습을 보면 그렇게 눈물이 났다. 그러나 또 다른 이유는 어머니와 함께 길을 걸었던 일을 추억하기 위해서기도 했다.

어머니는 걷다가 이렇게 얘기하곤 했다. "Ban m di w yon bagay." 내게 할 말이 있다는 뜻이었다. 그때부터 우리의 산책은 느닷없이 어머니의 설교로 이어졌다. 내가 만나는 남자가 어머니와 아버지 마음에 안 든다거나, 내가 잠을 못 자는 것 같다거나, 건강을 안 챙기는 것 같다는 걱정 등이었다.

그때만 해도 나는 어머니와 외모가 무척 비슷해서 사람들이 어머니의 젊었을 때 사진을 내 사진으로 착각하는 경우도 있었다. 뿐만 아니라, 어머니와 나는 몸을 살짝 옆으로 흔들면서 리

듬과 속도에 맞춰 걸어가는 모습까지도 흡사해서, 우리가 함께 걸어가면 서로 툭툭 치기가 십상이었다. 나는 어머니를 껴안는 대신 어머니를 일부러 툭툭 건드릴 때도 있었는데, 어머니는 내가 그럴 때마다 당황하곤 했다.

어머니는 사랑한다는 말을 자주 하는 성격은 아니었지만, 나는 우리가 산책을 함께하는 동안 어머니의 행동에서 사랑을 느낄 수 있었다. 어머니를 곁눈질로 쳐다볼 때마다, 내가 도로에 움푹 파인 곳에 넘어지지 않을까 지켜봐 주는 것이 느껴졌다. 어머니는 언제나 차가 지나다니는 길가 쪽으로 걷고 나를 안쪽으로 들여보내곤 했다.

어머니와 나는 같은 방향으로 갈 때도 있고 다른 방향으로 갈 때도 있었다. 나는 맨해튼에 있는 바너드 칼리지 방향으로 갔다. 학생일 때는 공부를 하러 갔고, 졸업 후에는 학교 행정과에 취직해 출근했다. 어머니는 메리 부인와 함께 일하기 전에는 맨해튼에 있는 공장에서 일했다. 어머니와 나는 함께 집을 나서곤 했다. 맨해튼으로 가는 버스를 놓치고, 버스 뒤에 따라오는 소위 "불법 택시"마저 탈 자리가 없으면, 어머니는 그 즉시 다음 버스 정류장으로 걸어갔다. 어머니와 나는 가끔 지하철을 타고 다른 버스 정류장까지 갈 때도 있었는데, 그럴 때마다 어머니의 얼굴에는 초조함이 묻어났다.

겨울이 되면 걸어 다니기가 쉽지 않았다. 그럼에도 불구하고, 때로는 공기 중으로 구름 같은 입김을 날리면서 열심히 걸어가야 할 때도 있었다. 어머니는 함께 걸어가는 나를 바라보고는 내가 한겨울 날씨에 어울리지 않는 얇은 모자나 스카프, 장갑을 끼고 나왔다는 사실을 눈치채곤 했다.

"애야, 대체 이런 세상에서 어떻게 살아가려고 그러니?" 어머니는 이렇게 말했다. "나중에 나이가 들면 뼛속까지 시리다는 게 뭔지 너도 알게 될 거야."

어떤 날은 지하철역에서 집이 있는 방향으로 함께 걸어갔다. 우리는 가는 길에 있는 한국인이 운영하는 식료품점에 들러 중남미 손님들이 주로 사 가는 망고, 빵나무 열매, 아보카도, 사탕수수 가지 등을 샀다. 집에 거의 다 도착하면, 집 앞에 있는 소화 데레사 성녀의 성당이 보였다. 어머니와 나는 장례식에 참석하기 위해 이곳에 함께 와 보곤 했는데, 80세 무렵 눈길에서 차에 치여 세상을 떠난 저스틴 큰외삼촌의 장례식도 바로 이 성당에서 치러졌었다.

성당 길 건너편에는 프랭크 J. 배론 씨가 하는 장의사 집이 있었다. 이 동네로 이사한 남동생과 나는 그 장의사 집을 무서워했다. 장의사 집은 우리 집에서 세 집 건너에 있었는데, 그곳에 화장이나 매장을 기다리는 시신들이 있을 거라는 생각 때문에 우리는 버스 정류장에서 내리면 빠른 걸음으로 그곳을 지나치곤 했다.

우리 집에 놀러온 친구들은 혹시 유령을 본 적은 없냐고 묻곤 했다.

그런 적은 없었다.

친구들은 악몽을 꾼 적은 없냐고 묻기도 했다.

우리는 몇 집 건너에 시신이 있는 상황에 익숙해진 나머지 나중에는 아예 생각조차 않는 지경에 이르렀다. 사실 장의사 집은 공동묘지하고는 달랐다. 시신이 계속 그곳에 있는 게 아니라 잠시 들렀다 갈 뿐이었으니 말이다.

하지만 한 친구의 말에 따르면, 장의사 집은 죽은 자가 한 순간도 가만히 쉴 수 없는 일종의 연옥 같은 곳이기도 했다.

이러거나 저러거나 우리를 가장 성가시게 만들었던 것은 누군가의 장례를 치르기 전날마다 우리 집 앞 차도가 장의사 집을 찾아온 사람들의 차들로 인해 주차장이 되어 버리는 상황이었다. 일부 사람들이 고인을 기리며 예포를 발사하는 바람에 커다란 총소리가 우리 집을 울리는 경우도 있었다.

어머니가 세상을 떠난 뒤, 장의사 집에 가기 위해 길을 건너던 나는 마치 신성한 땅 위를 걷고 있는 듯한 기분을 느꼈다. 무언가를 잃어버리고 나면 잃어버린 그것이 전과 다른 의미를 갖게 되는 바로 그 기분이었다. 뼈만 남은 앙상한 어머니의 몸을 씻겨 주기 위해 어머니의 몸을 받쳐들었을 때도 나는 어머니와 자식이 뒤바뀐 피에타의 일부가 된 듯한 느낌을 받았다.

어머니와 내가 집에서 막 나오거나 집에 들어가려는 순간, 우리는 사람들이 흰 천으로 덮이거나 검은 바디백에 담긴 시신을 영구차에서 꺼내 들것에 싣고 장의사 집 옆문으로 들어가는 모습을 가끔 본 적이 있었다. 그럴 때면 어머니는 내게 이렇게 말했다. "Nou rantre tèt devan. Nou soti pye devan." "우리는 대부분 머리부터 이 세상에 나오지만, 세상을 떠날 때는 발부터 떠난단다"라는 뜻이었다.

어머니는 이 이야기를 자주 반복하며 나중에 아예 이렇게 줄여서 말했다. "Tèt devan. Pye devan." 즉 "머리부터, 발부터"였다.

어머니가 세상을 떠난 바로 그날, 나는 누군가의 영구차가 나타나길 기다리며 시간가는 줄도 모르고 그 장의사 집 앞에 오래도록 서 있었다. 영구차의 모습을 보면 내가 어머니와 여전히 산책하는 중이라는 생각이 들 것 같았다.

나는 길 건너에 있는 벤치로 가 좀더 기다렸다. 내가 이 순간에 대해 언젠가 글로 남길 거라는 생각, 그리고 내게 일종의 결말이 필요하다는 생각 때문에 그날 그렇게 오래 앉아 기다렸는지도 몰랐다.

마침 장의사 집이 가장 붐비는 늦은 오후 시간이었다. 각종 서류작업을 마치고 장례 절차를 확정한 사람들이 시신을 병원에서 운구해 오는 때가 바로 이 시간대였다. 아마도 일요일을 제외하고는 매일 적어도 이 시간에 영구차가 한 대 이상은 장의사 집에 도착하곤 했다. 하루에 여러 대의 영구차가 도착하는 날도 있었다. 한번은 갓난아기가 들어갈 만한 작은 바디백에 아기의 윤곽이 드러난 모습을 본 적도 있었다. 그날 어머니와 나는 아무 말도 할 수 없었다.

그때 영구차 한 대가 도착했다. 차는 장의사 집 옆문 근처에 주차를 했다. 사람들이 우리 집 병원 침대에 누워있던 어머니의 시신을 들어내 검은 바디백 안에 넣는 모습은 내 생애 가장 고통스러웠던 광경 중에 하나였다. 어머니는 이제 시신 이상도 이하도 아니구나, 하는 생각이 들었다.

나는 두 명의 남자들이 영구차 밖으로 시신을 들고 나올 때까지 기다렸다. 나는 그들이 바퀴 달린 들것에 시신을 싣고 나올 때까지 기다렸다. 나는 이런 장면을 수도 없이 봐왔기 때문에 눈을 감아도 그 다음에 무슨 일이 일어날지 훤히 다 알고 있었다. 그 남자들은 좁은 옆문을 향해 시신이 실린 들것을 밀고 갔다. 들것의 바퀴가 삐걱대는 소리를 내며 인도 위를 지나갔다. 남자들 중 한 명이 주머니 안에서 열쇠를 꺼내 문을 열었다. 그들은 들것을 밀면서 문 안으로 들어갔다. 시신의 발쪽에 있던 남자가 집 안으로 모습을 감췄다. 위로 불룩 솟은 시신의 머리는 가장 마지막에 사라졌다.

어머니가 세상을 떠난 지 일 년 뒤, 나는 어머니를 호스피스에 일주일 내내 방치해 놓고 까맣게 잊고 있다가 갑자기 이 사실을 깨닫고 덜덜 떨면서 잠에서 깨는 꿈을 꾸었다. 그 꿈속에서 나는 자고 있던 침대를 뛰쳐나가 병원으로 달려가면서, 어머니가 사랑했던 사람들로부터 작별 인사도 받지 못한 채 무덤에 묻혀 버렸으면 어쩌나 하는 두려움에 몸서리쳤다.

꿈속에서 본 호스피스 병실은 어머니가 실제로 머물렀던 호스피스 병실과 매우 흡사했다. 병실은 아무런 무늬 없는 흰 벽에 창문이 하나 있었고, 창문 밖으로는 정원과 정원 안에 있는 작은 산책길, 시멘트로 만들어진 벤치 여러 개가 보였다. 꿈속에서 병실 안으로 들어간 나는 어머니를 닮은 한 여자가 나를 기다리며 침대 옆에 서 있는 모습을 발견했다. 그 여자의 모습은 어머니의 마지막 모습과 매우 닮았었다. 야위었으되 초췌하지는 않았고, 어두운 색의 메이크업을 공들여 한 얼굴이었다. 내 꿈속의 그 여자는 검은색의 긴 머리 가발을 쓰고 앞면에 은빛 스팽글이 달린 짧은 칵테일 드레스를 입고 있었다. 내가 그 여자를 포옹하려고 다가가자, 그 여자는 천천히 몸을 흔들면서 느리고 구슬픈 춤을 추기 시작했다.

나는 춤을 추고 있는 그 여자가 나를 알아보지 못한다는 것을 깨달았다. 그런데 나도 갑자기 그녀를 알아볼 수가 없었다. 나는 그 여자가 누군지 도저히 알 수 없었으나, 어머니가 아니라는 것만은 분명했다. 나는 그 여자에게 작별 인사도 하지 않고 몸을 돌려 방에서 나왔다.

나는 병실에서 나와 복도를 지나가면서 어떤 지갑에 대해 웅얼거리며 혼잣말을 했다.

그로부터 몇 달 전, 나는 어머니의 유품을 정리하다가 아름다운 지갑을 하나 발견했다. 어머니는 지갑을 무척 좋아했다. 교회 갈 때 쓰는 챙이 넓은 모자도 좋아했지만, 모자보다는 지갑을 더 좋아했다. 아마 어머니가 전에 공장에서 지갑을 만든 적이 있어서인지도 모른다. 이유야 어찌되었든, 어머니는 늘 여러 개의 지갑을 갖고 있었다. 나는 어머니의 뉴욕 집에 있던 대부분의 핸드백과 지갑을 다른 사람들에게 다 나눠 주었는데, 그 핸드백과 지갑 속주머니에는 딱딱한 캐러멜 사탕과 버스비로 쓸 잔돈——종이 냅킨에 싸서 넣어 둔 동전 2달러——이 들어 있었다.

나는 어머니가 갖고 있었던 수십 개의 지갑 가운데 몇 개만 집으로 가져오고, 그 중에 하나를 침대 옆 탁자 위에 두었다. 그 지갑은 회색과 은색 비즈로 덮인 조개 모양의 빈티지 지갑이었다. 지갑을 열고 닫을 때마다 금속으로 만들어진 여닫이가 요란하게 부딪히는 소리를 냈다. 지갑 안에는 금색 실크가 덧대어져 있었는데, 군데군데 빛이 바래거나 어둡게 얼룩진 부분이 있었다. 안쪽에 있는 작은 주머니에 유성마커로 2라는 숫자가 쓰인 것을 보고, 나는 어머니가 초기에 암 진단을 받았던 병원 근처에 있는 굿윌스토어에서 이 지갑을 2달러를 주고 샀다는 사실을 깨달았다. 그곳에서 어머니와 나는 이런 보물을 발견하려고 선반과 통을 샅샅이 뒤지곤 했다.

바로 그 지갑이 뜬금없이 내 꿈속에, 호스피스 병실에서 춤을 추고 있는 낯선 여자를 뒤로 하고 멀어져가는 내 앞에 등장한 거였다. 나는 어머니에게 그 지갑에 대해 이렇게 말하기 시작했다.

"Manman, sa se bous ou" 나는 낮은 목소리로 웅얼거리듯 말했다.

엄마, 이거 엄마 지갑이어요.

꿈속에 지갑이 나타났어요.

이 지갑이 현실 세상에서

할 일을 다 했다는 말일까요.

하지만 내가 아직 간직하고 있어요.

내가 엄마를 아직 간직하고 있듯이 말이죠.

엄마, 보고 싶어요.

엄마, 사랑해요.

엄마, 편히 쉬세요.

굿바이.

감사의 말

내게 'The Art of 시리즈'를 가장 먼저 소개해 준 키마 존스에게 감사의 말을 전한다. 또 내게 『가나 머스트 고』라는 훌륭한 작품에 대해 얘기해 준 작가 타이에 셀라시에게 감사를 전한다. 로즈-메이 세이드, 거슈윈 블라이든, 로널드 조지프, 헌스 찰스, 장 필립 오스틴 의사 선생님들과, 어머니 임종 직전 많은 도움을 주었던 프레다 사논에게도 심심한 고마움을 표한다. 어머니가 투병하는 동안 큰 힘이 되어 준 필리우스 니콜라스 주교님, 그레고리 투생 목사님, 그리고 크리스 까사뇰, 오스카 퍼빌, 조지프 새뮤얼, 새뮤얼 니콜라스, 세르주 에스페란스 목사님들, 그리고 욜랑드 퍼빌 부인, 퍼트리샤 투생 부인에게도 진심 어린 감사를 전하고 싶다.

저자가 이야기하는 책들

들어가기

□ 에드위지 당티카, 『숨결, 눈길, 사랑』(Edwidge Danticat, *Breath, Eyes, Memory*, Soho Press, 2015)

□ _____, 『형제여, 난 죽어가네』(*Brother, I'm Dying*, Scribe Publications, 2009)

□ _____, 『등대의 클레어』(*Claire of the Sea Light*, Vintage Books, 2014)

□ _____, 『크릭? 크랙!』(*Krik? Krak!*, Soho Press, 2015)

□ _____, 『뼈들의 농사』(*The Farming of Bones*, Soho Press, 2014)

죽어가는 삶

■ 크리스토퍼 히친스, 『신 없이 어떻게 죽을 것인가』, 김승욱 옮김, 알마, 2014

■ _____, 『신은 위대하지 않다』, 김승욱 옮김, 알마, 2011

■ 존 디디온, 『상실』, 이은선 옮김, 시공사, 2006

■ 수전 손택, 『은유로서의 질병』, 이재원 옮김, 이후, 2002

■ 레프 톨스토이, 『이반 일리치의 죽음』, 이강은 옮김, 창비, 2012

□ 오드리 로드, 『암 투병기』(Audre Lorde, *The Cancer Journals*, Aunt Lute Books, 2006)

---

* 저자가 본문에서 언급하고 있는 책들을 언급한 순서대로 정리했습니다. 국내에 번역 출간된 책은 ■로, 국내에 미출간된 책은 우리말 번역과 원서정보를 함께 싣되 □로 표시하였습니다. 단편의 경우, 그 단편이 수록되어 있는 책 제목을 함께 실었습니다.

- 토니 모리슨, 『빌러비드』, 최인자 옮김, 문학동네, 2014
- 시몬 드 보부아르, 『아주 편안한 죽음』, 성유보 옮김, 청년정신, 2015
- 루실 클리프턴, 「오 기괴한 신이여」(Lucille Clifton, "oh antic God", *The Collected Poems of Lucille Clifton 1965-2010*, BOA Editions Ltd., 2015)

아르스 모리엔디

- 토니 모리슨, 『술라』, 송은주 옮김, 문학동네, 2015
- _____, 『솔로몬의 노래』, 김선형 옮김, 들녘, 2004
- 레프 톨스토이, 『참회록』, 이영범 옮김, 지만지, 2012
- 마이클 온다체, 『잉글리시 페이션트』, 박현주 옮김, 그책, 2010
- 윌리엄 포크너, 『내가 죽어 누워 있을 때』, 김명주 옮김, 민음사, 2003
- 알베르 카뮈, 『시지프 신화』, 김화영 옮김, 민음사, 2016
- 애니 딜러드, 『창조적 글쓰기』, 이미선 옮김, 공존, 2008
- 타이에 셀라시, 『가나 머스트 고』(Taiye Selasi, *Ghana Must Go*, Penguin Books, 2014)
- 앨리스 시볼드, 『러블리 본즈』, 공경희 옮김, 북앳북스, 2003
- _____, 『럭키』(Alice Sebold, *Lucky*, Little, Brown & Co., 2002)

함께 죽는 것

- 무라카미 하루키, 『신의 아이들은 모두 춤춘다』, 김유곤 옮김, 문학사상사, 2010
- _____, 『언더그라운드』, 양억관 옮김, 문학동네, 2010
- 에드위지 당티카, 『이슬을 깨는 자』(*The Dew Breaker*, Paw Prints 2010)
- 알베르 카뮈, 『페스트』, 김화영 옮김, 민음사, 2011
- 브렌다 유랜드, 『글을 쓰고 싶다면』, 이경숙 옮김, 엑스북스, 2016
- 손턴 와일더, 『산 루이스 레이의 다리』, 김영선 옮김, 샘터사, 2010
- 치트라 바네르지 디바카루니, 『마지막 고백』, 이진 옮김, 뿔, 2010

□ 존 디디온, 『화이트 앨범』(Joan Didion, *The white album*, 4th Estate, 2017)

■ 돈 드릴로, 『마오 Ⅱ』, 유정완 옮김, 창비, 2011

□ _____, 『추락하는 남자』(Don DeLillo, *Falling Man*, Picador, 2011)

■ 가브리엘 가르시아 마르케스, 『백년의 고독』, 조구호 옮김, 민음사, 2000

죽음의 소망

■ 토니 모리슨, 『재즈』, 최인자 옮김, 문학동네, 2015

■ _____, 『파라다이스』, 김선형 옮김, 들녘, 2001

■ _____, 『가장 푸른 눈』, 신진범 옮김, 들녘, 2003

■ 레프 톨스토이, 『안나 카레니나』, 연진희 옮김, 민음사, 2012

■ 귀스타브 플로베르, 『보바리 부인』, 김중현 옮김, 더클래식, 2015

■ 케이 레드필드 재미슨, 『자살의 이해』, 박민철 옮김, 하나의학사, 2011

□ 니키 지오바니, 「시인들」(Nikki Giovanni, "Poets", *Chasing Utopia*, William Morrow, 2013)

□ 랭스턴 휴스, 「자살의 변」(Langston Hughes, "Suicide's Note", *The Collected Poems of Langston Hughes*, Paw Prints, 2008)

□ 린다 그레이 섹스턴, 『머시가를 찾아서: 어머니 앤 섹스턴의 이야기』(Linda Gray Sexton, *Searching for Mercy Street : My Journey back to my mother Anne Sexton*, Counterpoint, 2011)

□ _____, 『자살의 내력을 극복하는 법』(*Half in Love: Surviving the Legacy of Suicide*, Counterpoint, 2011)

□ 앤 섹스턴, 「죽음의 소망」, 「실비아의 죽음」(Ann Sexton, "Wanting to Die", "Sylvia's Death", *The Complete Poems*, Proquest LLC, 2011)

■ 실비아 플라스, 「나자로 부인」, 『실비아 플라스 시 전집』, 박주영 옮김, 마음산책, 2013

선고받은 죽음

◻ 레프 톨스토이, 「나는 침묵할 수 없다」(Leo Tolstoy ,"I Cannot Be Silent",
Leo Tolstoy: Letters and Papers, Counterpoint, 2011)

◼ 타네하시 코츠, 『세상과 나 사이』, 오숙은 옮김, 열린책들, 2016

◼ 알베르 카뮈, 「단두대에 대한 성찰」, 『알베르 카뮈 전집 6』, 김화영 옮김,
책세상, 2010

◼ _____, 『이방인』, 김화영 옮김, 민음사, 2011

죽음의 문턱에서

◼ 미셸 드 몽테뉴, 「실천에 대하여」, 『몽테뉴 수상록』, 손우성 옮김, 동서문
화사, 2012

◻ 존 디디온, 『푸른 밤』(*Blue Nights*, Vintage Books, 2012)

돌고 도는 슬픔

◻ 조라 닐 허스턴, 『길 위의 먼지 자국』(Zora Neale Hurston, *Dust Tracks
on a Road*, Harper Perennial Olive Editions, 2017)

◻ 메리 고든, 『어머니에 대하여』(Mary Gordon, *Circling My Mother*,
Pantheon, 2007)

◼ C. S. 루이스, 『헤아려 본 슬픔』, 강유나 옮김, 홍성사, 2004

◻ 마거릿 애트우드, 「죽은 이들과의 협상」(Margaret Atwood, *Negotiating
with the dead : a writer on writing*, Virago, 2005)

◼ 돈 드릴로, 『화이트 노이즈』, 강미숙 옮김, 창비, 2005

◻ 엘리자베스 알렉산더, 『세상의 빛』(Elizabeth Alexander, *The Light of the
World*, Grand Central Publishing, 2016)

남아 있는 날들의 글쓰기

지은이 에드위지 당티카 | 옮긴이 신지현 | 발행인 유재건 | 편집인 임유진 | 펴낸곳 엑스북스
등록번호 105-91-96264호 | 주소 서울시 마포구 와우산로 180 (4층 402호)
대표전화 02-334-1412 | 팩스 02-334-1413
초판 1쇄 인쇄 2018년 2월 13일 | 초판 1쇄 발행 2018년 2월 20일

엑스북스(xbooks)는 (주)그린비출판사의 책읽기·글쓰기 전문 임프린트입니다. 이 도서의
국립중앙도서관 출판예정도서목록(CIP)은 서지정보유통지원시스템 홈페이지(http://seoji.
nl.go.kr)와 국가자료공동목록시스템(http://www.nl.go.kr/kolisnet)에서 이용하실 수 있습니
다. (CIP제어번호: CIP2018003898)
ISBN 979-11-86846-25-4   03840